유령, 도둑, 사랑

유령, 도둑, 사랑

한지산 시집

A Ghost, a Thief, and Love Han Jisan

K-Poet Series 043

아시아

차례

유령, 도둑, 사랑

유령과 함께 춤을

시원한 백차와 다과, 맞이할 준비가 끝나면
유령이 찾아온다

리드를 맡길까 하다
이승에서는 내가 먼저 앞장서야지 싶어서
발을 뗐다

얼굴을 마주 보며 다음 스텝을 카운트
하지만 요구가 많은 유령은 나를 관통한다

우리 중 누가 더 상대방을 사랑하는지
도둑잡기를 하면
나는 지그시 눈을 감았다

유령은 그게 신호인 줄 알고
내 안의 두려움과 근심을 장난감처럼 들고 왔다

나는 도무지 모르겠거든
수많은 사냥꾼에게 표적이 되어본 적 있는 당신이 말
해줘

이 사각의 방에
우린 함께이지만 아직은 함께가 아니다

유령의 세계에선 나 같은 지성인을 보고
낙오자라고 불렀다
밑 빠진 얼굴이 된 채 간신히
사랑받는 타인이여

춤을 추면 땀이 났다

정열은 인식의 영역이 아니라 환상의 영역이 아닐까*

거실을 제외한 나머지 문들은

수면중이다

무용을 하는 둘이다

깍지를 꼈는데도 혼자다

유령과 도둑은 수수께끼를 하고 있다

* 알랭 핑켈크로트의 『사랑의 지혜』(동문선, 1998) 중 '정열은 인식행위가 아니므
로, 그것은 환상의 항목에 들어간다'를 일부 변용.

입주청소

사람을 부릅니다
눈에 보이는 것은 나도 치울 수 있습니다

내가 진정 원하는 건
이 집의 발성기관이 나를 닮아
나 없이도 울게 되는 것

이전의 집에서 지금의 집으로 바뀌는데
이십 년이 넘게 걸렸습니다
탈피의 과정에 목숨을 거는 생물처럼

나도 목숨 하나만 간신히 들고 이 집에 왔습니다

가정의 불화에도 꿋꿋이

아침밥을 먹고 출근하는 면면들

어떤 호기심 가득한 벌레가 우연히 이 집을 발견하고
자신의 가정을 모조리 불러들이는 과정의 배후엔
달콤함이 있습니다

그들도 몸을 펴고 자는 생물입니다
내가 살 지층집도 먼 미래에
생활양식을 대표하는 증거자료로 전시될지도 모릅니다

그런 생각이 듭니다

해골은 살림을 대변할 수 있을까
종이는 직업으로서 탈피를 거듭할 수 있을까

습기가 다른 방에서 번갈아 깨어납니다
잘못된 건 내가 아니라는 것을 증명하기 위해

바닥은 장판으로 가릴 수 있으니까
나도 옷을 입으면 되니까
평범하게 가릴 수 있는 시대의 일원으로
산다는 건
깃털을 뺏고 가죽을 벗기고 이후에 내가 있는 거라고

그런 나는
지금 방해만 될 뿐이라
빨래 바구니를 들고 떠납니다
이대로 아주 멀리까지 가버리려다

한 가지 일을 천천히 오래 하는
사람의 눈과 세탁기의 눈은 닮아서
그 앞에서
멍하니 기다리게 됩니다

세상 요란한 탈수가 그치면
과일이라든지 물이라든지 그런 걸 찾게 됩니다

방이 하얘진 건지
정오가 찾아온 건지
나는 전문가가 아니라서 잘 몰랐지만

다 되었다고, 들어와서 보시라고
당신의 허락을 받아야지만 우리가 이 집을 떠날 수 있

다며

　땀 흘리며 웃는 사람들이 문을 열어줍니다

　잘 가세요

　다른 집도 우리집처럼만 해주세요

　이 근방의 입주청소는 거의 당신들이 도맡았으면

동전이 하는 일

누워 있다가 일어났다.
내가 아니라 오락실의 게임 캐릭터가
동전 하나로 누워 있는 사람이 다시 일어섰다.

친구들과 육교를 건널 때, 우리의 와자지껄함이
앉은뱅이를 지나치고 있었다.
무리 중 한 명이
주머니에 있는 동전을 다 털고 뒤따라오는데
꼭 흘린 동전처럼 어디론가 가버렸다.

언젠가 육교를 지날 때 그 자리에 묘목을 파는 장사꾼
이 와 있었다.
들리는 말로는 다리를 숲에 옮겨 심으면
영영 서 있을 수 있게 된다고, 그래서

밤이 오면 숲이
동네로 걸어온다고 했다.

낮보다 밤에 만나는 일이 더 추억이라고 떠들어대면서
지하실의 계단을 내려가듯 우리가 만나는 시간이 점
점 어두워졌다.

밤은 꼭 무얼 숨겨둔 표정을 하고 있어서
우리는 나무 밑을 파냈다.
아무것도 발견되지 않아서 발견될 걸 묻어야 했다.

우리가 동전을 계속 넣어서
밤이 쭉 서 있었다.
나무는 뿌리마다 수천 개의 기도실을 만들었는데

내 주머니에는 하나의 손만 입장이 가능해서
혼자 조용히 들어갔다.
검은 하늘이 검은 화면처럼 보일 때까지
손을 푹 찔렀다.

우리가 모르는 결말에 대해
걸을 때마다 동전끼리 주먹을 쥐고 싸우는 소리가 들
렸다.
그 소리를 구경하려고
숲이 우리 주변으로 모여들었다.
낮보다 더 많아진 길이 우리를 헷갈리게 했다.

동전을 다 털고 일어나면서 우리는 흩어졌다.
인사를 하는 사람이 사라질 때

모르는 곳으로 가버릴 것 같다.

자기만의 동네로 가서

모르는 곳에서 만나

웃으면서 오늘도 잘 끝났다라고 말할 것 같다.

오락실 화면의 뒤편에서

서로 때린 곳을 어루만져줄 것 같다.

죽음 일지

선물받은 유자 봉다리에서
초파리가 끓을 때까지 손을 대지 않았다

샛노란 동그라미를 뚫고
생명이 꾸물대면서 유자를 죽이고 있다

지금 저 생명은 오직
한 가지 일만 할 수 있다
직진, 온 힘을 다해 삶의 평수를 확장하기

기억나는 건

봉다리를 건네줄 때 웃었던 윗집 할머니의 웃음과
매미 소리에 묻혀 듣지 못했던 뒷말

나는 한 번에 두 가지 일을 하지 못해서
받는 것과 듣는 것과 표정을 다 읽어낼 수 없었다

그렇지요. 감사합니다. 잘 먹겠습니다
내가 한 말을 내가 잊어버리고

사람을 불러다놓고 딴소리를 한다
날씨가 엉망인데도 하루가 지켜진다

누구와 약속한 것도 아닌데
눈이 떠지는 게 참

가끔 상한 것을 먹고
몸을 쥐어짠다

그러다 보면
삶을 유지해주는 장치가
툭 하고 빠져나올 수 있지

빗소리를 채 써는 소리로 착각해서
많은 가정집이 조각나는 줄 알았는데
밖을 나서면 아무렇지 않다

띄엄띄엄 떨어진 돌들처럼
멀어지면 집기 힘들어지고
가까우면 뻗기 귀찮다

지키기 위해 랩이 둘러쳐졌듯이
나는 뭐 없나 싶어 살을 꼬집었을 때

예전에도 이랬던 적 있었지
내골격 인간은 상처를 보이지 않는 것으로 할 수 있다

가만히 있으면
누군가 벨을 누를 것 같아서
그 사람을 기다리고 있다

연고 없는 사람에게 한 번쯤
내 이야기를 하고 싶다

멍을 가리키며

나 같은 사람은 어디서 자꾸 다치는 걸까
네가 멋쩍게 웃는다

나는 대패질을 하듯이
한 손으로 너를 쓰다듬는다

손바닥으로 여러 번 밀면 온기가 생겼다
기도가 아닌데도
무언가 이뤄진 듯

너와 같은 사람
몸과 정신을
단단한 사물을
텅 비어 있는 것으로 보는*

투명한 눈

시간을 피해 숨죽이는 사물은
어떻게 눈뜨자마자 자신의 배역을 알고 있을까

흰 천에 몸을 맡기고

상처는 푸른 멍을 따라 너의 집 앞에 당도한다
안쪽에선 깨지는 소리가 들린다
네 몸을 조각하는 신의 투명한 송곳

* 리처드 도킨스의 진화론적 입장 "인간이 단단한 사물을 텅 빈 공간으로 인식한
다면 끊임없이 부딪치고 다닐 것이다"(잭 보언, 『이언의 철학여행』(하정임 역, 다
른, 2020.), 56쪽)를 부분 인용

너는 무엇을 기도하니
단지 집을 원했을 뿐이다
투명하고 먹어치울 수 있는

사람들은 언제부터 부딪치기 시작했나
어쩌다 발견한 신을 데리고 와서
한 가지 꿈에 박제되려는 투정을 부리고 있나

혼자 하는 추모

흰 벽에 머리를 대고

에스키모인들은 화가 나면 풀릴 때까지 직선으로 걷
는 풍습이 있다
 마음이 풀린 곳에 표시를 하고
 하룻밤 만에 돌아오는 사람이 있는가 하면
 평생 돌아오다가 끝난 사람도 있다

분노는 어떤 자세로 식어 있나
어디까지 걸었니?

(묻기 전에 걸어야지)

한 사람의 길을 루틴으로 만들면

잠시가 영원으로 변할 수 있다

아무도 가본 적 없는 곳에 닿아보려는 염원은
스스로 물에 빠지는 선택지를 만들었다
물방울이 덜 튈수록 예쁜 다이브의 모양
왕관 모양으로 퍼지는 밤

창문을 보면 다들 입김을 한 번씩 꽂아두고 갔다
추모의 방식은 제각각이었지만
결국은 투명해지고

풍경을 받아들이라는 압박에 시달린 창문과
외면하고 싶어지면 창문을 찾곤 하는 우리

빙하가 사라지는 이유를
먼 나라 따뜻한 평지에서 생각해본다

직선거리를 재보면
누가 더 화가 났을까 비교하기 쉽겠지만

목격자는 하얀 대지뿐이었다

저 멀리서
숨을 오래 참는 사람이
간절함과 안간힘을
심해어에게 맡겨놓고 올라왔다
평생 동안 쉴 숨의 절반만 가지고

식목일. 그렇게 불린 날에 올라왔었지
가슴이 뚫린 채로

온 동네 흙으로도 메꿀 수 없던 깊이
동네에 있지만 동네의 이해를 벗어난 깊이

덮으려 하지 말고 통째로 껴안아보는 습관만이 따듯
했다
머리와 다리를 덮는 이불이 깨어날 때
가슴에 안겨 있는 것처럼

나도 몸에 깊이란 걸 만들어보려고 모종삽을 샀다
첫 삽을 뜰 때 멀리서 축하 박수가 들렸다
멀지 않은 곳에 다들 있었다니

물이 고여 있구나

잘린 다리가 흔적을 지우기 편한 것처럼
꽃을 그리는 사람이 언제부턴가 화병에 물만 그렸다
죽음을 투명하게 보려고
다들 유리병을 사가는 건가

누가 돌아오지 않았다길래
똑바로 걸었는데 그 앞은 녹았다는 말

그것은 존재하는 걸까
그것은 발견되는 걸까

흰 벽에 머리를 대면

멀리서 컹컹 짖는 소리가 들렸다

사람의 자세가
엉킨 뿌리와 닮아 있다고
자기가 무얼 심는지도 모르는데

다 자라고 나서 눈을 떴을 때
여럿인 자신을 보고
어떻게 분노하지 않을 수 있을까

새장과 벽장*

깃털을 갈아입을 곳이 마땅찮은 그에게
벽장을 내어줬다
그는 내게 감사를 표하며 자신의 깃 하나를 주고 펜으
로 쓰라고 했다

자긴 하늘에서 뚜렷한 공간을 차지하지 않는다고 했다
대형 항공기들에게 자리를 뺏겨
어떤 날은 걷는 시간이 더 많다는 말을 하면서
최근 한 화가의 개인전을 보고 감명받았다고 했다

새들이 벽화 안에 무리지어 갇혀 있었는데
밖에 있는 새 한 마리가 발톱을 박고 부리를 박고

* 강주리 작가의 개인전 'ON STAND IN GLASS UNDER CLOTH'의 작품 〈'Bird cage', 'Birds in shadow Box #1'〉에서 영감을 얻음.

필사적으로 수직을 유지하고 있었다
다른 그림에서는 여윈 새 한 마리가 입에 새장을 물고
고개를 박고 있었다

그런데 집이 잠겨 있어 들어가진 못했다
새장에 새를 반기지 않는 공허가 가득했다

그는 작가에게 다가가 말을 걸었다
의도가 있나요?
새는 제가 생각할 때 가장 자유로운 존재였어요
새장에서 새를 빼고
나무에서 새를 빼면 새는 뭐가 되는지 궁금했어요

저처럼 되지 않을까요

그는 나한테 빌린 옷이 깃털을 가려서 참 다행이라 생각했다
집까지 날아오고 싶다고 생각했지만
내 호의가 무거워서 그럴 수 없었다

새장은 열려 있다
주로 베란다에 있고
때문에 바깥과 집의 손잡이다

새는 둘 사이를 오가며 안과 밖을 헷갈렸다
눈에 띄지 않게 어디 박혀 있고 싶다

그는 전시 마지막 주에 새 그림을 오래 쳐다봤다
그는 부리를 노크로 자주 사용했는데

노크는 존재를 증명하는 일이면서
부재를 확인하는 일이었다

그가 준 깃으로 마침표를 찍을 때
깃으로 그를 그릴 때

그는 지나가는 행인 같다

고시원

아픔이 사람을 더 단단하게 해준다는 세계
너무 많은 것들이 기록되어가는 중인데
정작 한 사람에 대해 물어보면 다들
거울이나 반려동물을 쳐다봤다

널브러진 바지 옆에 널브러진 상의
육체가 없는 옷에서도 사람의 냄새는 나서
방에서는 꽤나 많은 내가 번갈아 등장하고

나는 낯선 나와 같은 꿈을 덮고
일어나 깨면 누가 더 많이 자기 쪽으로 당겼는지 모른다
더 오들거리는 것은 언제나 나였으니

약속이라도 하듯 모두 아침에 화장실을 가고

비슷한 시간에 물을 소비하는
화장실 타일 같은 패턴

강제로 목소리를 높이는 알람이 아니면
정오와 자정을 구분할 수 없는 구조

해가 들지 않는 방에서
나와 식물과 숫자가 번갈아 죽었다가 태어나

유리를 지나치지 못하는 얼굴
풍경보다 옅은 나를 먼저 찾으니까
눈동자를 내 보호자로 삼을 수밖에 없어서

부딪친 곳에 가장 먼저 도착하는 것은

통증보다 시선일 때가 많다

사람끼리 부딪쳤는데
한 명은 끝까지 돌아보지 않았다
그럴 수 있다고 생각한 건가

저기요,
한순간이나마 우린 겹쳐졌어요

이 커다란 도시에서 이러한 일은
대부분 유령처럼

천적

아이의 이름을 짓기 전
동물원을 산책하기로 했다

어른 한 명이요, 하면
배가 잠시 꺼진 기분

여기선 우는 소리를 대화라고 부른다
각자 주파수를 맞추면서 작전을 짜는 아이들

먹이를 달라고 보채는 눈
철창 안과 밖은 모두 허기진 이들에게 점령당해서
네가 고프면 나도 고파진다는 게

자신의 짐을 모조리 맡기고

철창 가까이 몸을 붙여 저것 좀 보라고
자기 쪽으로 오라고 한다

위험하니까 떨어져
이 말을 듣자 엄마한테서 멀어진다

집에 갈 때
손에 잡혀 있기만 하면 된다고

손을 집어넣고 싶어지면
말리는 사람이 등장해야 하는데
나는 단지 어른 한 명,
티켓은 그렇다고 한다

옆에서 투덜대는 소리가 스쳐 지나간다
다음에는 짐을 줄이고 오자고
애초에 짐을 들고나오는 게 아니라고

나를 돌아보게 하는
짐승의 이름으로 짓기로 했다.

두부, 사과, 순대

명암, 더 짙게
질감, 표면과 껍질을 구분하여 표현

나는 저것들의 맛은 알지만
표현해본 적 없어서
주변을 의심한다

빈 광주리를 채우는 기적처럼
정말 두부 사과 순대가
종이 위에 재현되고 있다
누구 건 물이 뚝 떨어지기까지 하는데

재료를 깜빡한 사람처럼
나는 백지에게 미안하다

까맣게 칠하라는 듯이
고개를 숙이면 짙어지는
명암을
역광을
물에 푹 담가 씻어내고 싶은데

신기하기도 하지
단 하나도 썩지 않고 싱싱할 수 있다니

연필을 굴리면 답이 나올까
음식을 보면 감사한 마음부터 생겨야 하는 거 아닐까

우리 다 한 번씩은 망해본 적 있지
나는 찢어진 봉지를 들고 동네를 벗어난 과일을

찾아다닌 적 있다

다음 장으로 넘기면 다시
두부 사과 순대가 끊임없이 재현되고
밥상 위에서 무너질 것이라면
더 뭉갤 수 있다.

   내 두부 사과 순대는 저 사람의 두부 사과 순대와 얼
마나 닮았을까
   두 손과 눈과 펜으로 저 사람도 두 손과 눈과 펜으로
   저 사람과 나는 성별이 다르고 사는 곳이 다르고

   문득 이건 그냥 수업이 아니었나 싶을 때
   누군가 연필심을 세우고 있다

선생님이 한 명씩 세워 자기소개를 뒤늦게 시켰다

나는 저 유리문 너머에서 왔습니다
평면에서 입체로 나아가려면 나만큼의
내가 필요하다

8×8

저기, 반지를 좀 찾을 수 있을까요?
보시다시피 여기는 물품보관실이 아닙니다만
저 표정을 지켜야 한다면 지켜야 하는 게 경비겠지
라는 이상한 의무감에 따라나섰다

제가요. 좋아하는 작가의 낭독회를 신청했었거든요
의자에 앉아 글을 읽는데 이상하게 나만
나만 목소리가 달랐어요. 그게
끝까지 갔어요

낭독회를 다녀오면서 하늘을 봤는데 문득
집에 가까워질수록 영영 도착할 수 없을 것 같은
불안한 확신에
몸에 지닌 걸 다 던져버렸어요

삼십 분이고 한 시간이고 움직였는데
남들이 보기엔 아닌 것 같아서
그럼 나는 평생 멈춰 있는 사람인가 아니면
제자리에서 빙글빙글 도는 사람인가

한 가지 사실은
혼자서 집에 갈 수 없는 사람이라는 걸
아이처럼 앙앙
발견될 때까지 처량해져야 한다는 걸

당신은 그 자리에서 사춘기를 겪고
결혼을 하고 애를 낳고 집을 짓고
다 큰 아이를 다시 집 밖으로 내보냈다

뒤를 돌아보면 늘
조금씩 비어 있는 장소가 눈에 보여요
듬성듬성 서 있는 비둘기처럼

주부와 아내와 엄마와 여자를
그대는 같은 사람이라고 생각하는지
배를 가르고 나온 아이의 배를
다시 갈라 나온 아이의 구조를 만든
신은 대체 무슨 생각이었는지

콘크리트를 짚으면서 당신이 말했네
세상이 좋아져서 이렇게 말을 붙일 수 있다고
생각해보니 지금은 반지가 아니라
내 집을 먼저 찾아야겠다고

안에 누가 살아서 자기를 기다리고 있다고

나는 당신이 꿈을 꾸고 있거나
점점 사라지는 중이라 생각했다
여기는 공원이니까
공원에서는 뭐가 자꾸 나타났다가 사라지고 그러니까
말은 옹알이처럼 끊기고
짧아서 매듭지을 수 없는 단막극

멀리서 호각 소리가 들려온다
경기 종료를 알리는 심판의 휘슬 같은
그녀가
고개를 주억거린다

자리로 돌아와 CCTV 화면에서
그녀를 찾았다
경비의 생명은 보안이고
보안의 끝에는 생명이 있어야 하는데

공원에는
놀자고 하는 애와 혼자 있고 싶은 애와
그걸 지켜보는 애

나는 지상에서 사라진 사람의 일을
기록하지 않기로 했다

유리창 너머

정면을 바라보고 있었는데 누가
내 쪽으로 달려오고 있다.
일정한 보폭으로
정갈한 호흡으로

해가 뜨고 나서야 퇴근을 하는데 문득
얇아진 지갑을 걱정하고 있는 날 보니
어쩌면 이 세상은 저예산 영화일지도

빛먼지를 뿜어내는 영상 속 나는
마트에서 장을 보고
냉장고에 그것들을 집어넣고
왼쪽 방은 작업실 오른쪽 방은 옷과 침대가 있는
생활의 틈으로 몸을 비집어

발신자표시제한의 생면부지의 목소리에

어처구니없게 재산을 뺏기는

횡단보도 빨간불에 길을 건널 뻔하다 주의를 듣고 울
컥해서

누군가와 치고받았는데 조서를 받고 나올 땐

누구와 싸웠는지 기억나지 않아

사랑을 할 수 있을까

자애로운 마음을 가진 누군가와

나는 누구의 것도 아니고

누구도 나의 것이 아니고

그저 트랙 위를 달리는 사람이고

반복적으로 골반을 내저으며 다만

나의 시간이 볼록

튀어나와 있다

생활이 장기연체 중입니다만

열심히 키웠던 생물을

놓쳐버린 대가로 빈집만 남았을 뿐입니다만

오늘 하루 대신 나와줄 수 없냐는 말을 들었다

혼자 근무하는데 인기척이 자란다

어떤 사람을 그리워하는 중이었는데

멀리서 누군가 달려온다

그 순간 러닝타임은 끝이 나고

내 이름을 부르는 것 같았다

절뚝이며 어긋난 리듬으로

만다라

국제영화 상영 점유율이 국내영화 상영 점유율을 뛰어넘었다. 축하합니다. 일단 무언가를 달성했다는 점에서. 목표라는 건 머리 위에 있어야 보기 좋지. 우리는 예술대학을 나오지도 않았고 연출가나 작가도 아니니까 의무감 없이 손뼉 친다. 엔딩크레딧이 다 올라가기도 전부터 출구에서 빛이 새어나와. 나오세요, 얼른 나오세요. 다음 관객을 위해. 그런데 우린 영어를 몰라, 불어를 몰라, 일본어, 중국어, 인도어를 할 줄 몰라. 모른 채 본 영화가 너무 많아.

우린 그저 관객인걸요. 울고 웃고 매너를 아는. 말주변이 없는 게 변명일까. 전달력이 떨어지는 장면은 감독의 의도라는데. 관객으로서도 인질로서도. 깔깔
  침묵과 알코올 사이. 딸꾹질이 나온다. 울어서가 아니

라 날이 밝아서. 조조와 심야가 서로 키스하게 되면 할인율이 얼마나 될까. 들어봐 우린 일부야 아주 작게 말하지 않아도 돼. 빛도 어둠도 우릴 가려주느라 바쁘니까. 드러나고 싶다면 무대 앞으로. 하지만 그건 도저히 그것만은. 해외여행의 불문율은 그 나라 말을 써야 한다는 점. 아주 곤란한 상황에서조차. 국경을 넘을 때 더빙이 귓가에 흘러들어온다. 육로로 나라를 건널 수 있다니 괜히 주머니에 뭘 꺼내 버리고 오고 싶어져. 하지만 그게 내 덜미를 잡고 말지. 쓰레기 하나로 시민은 범죄자가 되고

　넥타이를 맨 당신들 정갈하군요. 좋아요 그런 정체성도. 이번 여름에는 살을 태워볼까. 일부러 엘리베이터에 발을 끼워 넣고 못 올라가게 하는 짓 좀 제발 그만.

당신 지성인이잖아요. 교과과정 다 배웠잖아요. 회식
자리에 이런 이야기를 꺼내면 좋은 소재인데? 이제 쓰
면 되겠다. 쓰긴 뭘 써요. 맨날 쓰래 봐줄 것도 아니면
서. 우리 다 같이 그냥 박수 치며 해산하죠. 마술사처
럼.

주차장을 빙글빙글 돌며
지하 삼 층 지하 이 층 지하 일 층 마침내
이제 고작 일 층

엘리베이터 빛에 얼었던 몸 드러나고
조회되지 않는 복도가
포스터처럼 펼쳐져 있다

파문

어항 속 투어는
서로를 잡아먹지 않는다
하나가 사라지면
남은 하나도 사라지는 것을 알아서

낮이면 물고
밤에는 서로를 껴안고 빙글빙글 돌았다

사실 투어에겐 이빨이 없다
누구의 비늘인지는 중요치 않으니

벽을 치면서
벽을 치면서

둘만의 세계를 흔들고 있다

어항의 주둥이에는 낙하만 있다

Below Zero

이자를 갚는 중이라고 했다
네가 대학생 때 처음으로 대출을 받은 돈에 대한
이자를 갚는 건 내리는 눈을 끝없이 치우는 것 같기도
투명한 얼음을 한번 만들어보겠다며 팔팔 끓는 물을
냉동실에 넣는
고문 같기도

그러다 이도 저도 모를 때
날 사랑한 것처럼 다른 사람을 사랑하는 마음 같은 것
이라고
이자는 그랬다

하루에 할 일을 하루에 끝내지 않는 게 좋았다
오늘로부터 그다음 날 또 다음 날까지 자꾸 영향을 미

치니까

　그렇다면 나로부터 영영 멀어져 점이 되어버린 시간
에도

　너의 일부는 계속 유예되고 있겠다 생각했다

　만지지 않아도 일어나는 일이 있다

　건전지를 끼우면 저절로 일어나 아주 멀리 사라지는
인형

　내 꿈에 네가 처음 나왔을 때 나의 역할은

　금고지기였어

　아무 말도 못 하고 목에서 바람소리만 새액새액 지르는

　난 물어봤지

　저 안에 뭐가 들었냐고

글쎄
사실 아무것도 안 들어 있을지도
그냥 아주 큰 금고 앞에서 혼자
황망하게 앉아 있는 나를
그 사람을

역할을 만들어주고 싶었나봐
이야기를 쓴다면
당신은 카메라를 든 사람이 좋겠다
진짜 사람이 아니라 사람의 역할만 가져오는 거지
나 역시 진짜 내가 아니라 나의 껍질만 가져와서
하나씩 열어보는 거야
껍질한테서 나에게로 점점 가까워지는 질문을

바깥은 누군가 와도 모를 것같이 음침하지만 그건
아무도 오지 않아서 자꾸 쳐다보게 되는

빈속인데도 우리의 입에선 자꾸 이야기가 나왔다
층계참에서

우리는 이야기를 했다. 처음은
어젯밤 꿈 내용이었는데 나는 꿈을 잘 꾸지 않으니
너의 이야기로 시작. 그 꿈은 주로 슬프고 가끔
엉뚱하고 간혹 사랑스럽고 아주 드물게
다시 꾸고 싶은 이야기. 우리의
입에서 재생되고 덧씌워지고 뭉개지고
( )야 ( )야
사람의 이름을 두 번 부르면

정말로 그 사람이 필요한 상황이라
우린 말 사이사이 한 번씩 서로의 이름을 끼웠다

애착인형처럼 죽어도 포기할 수 없는
단 하나가 되어보려고

온열의자에 앉았다. 온종일
재미있는 이야기 옆에 졸린 사람이 있다
옛날 신사들은
모자 뒤에 꽃을 숨겼다가 깜짝 선물로 줬다고 한다
아무렇지 않게 줬다고 한다

경합

이제 둘만 남았습니다
아버지, 저
우린 어찌해야 할까요

거울을 보면 우리가 늘어날까
함부로 확인하지도 못하고
우린 서로를 확인할 수 있는 마지막 사람을
자처하지 않았다

과거가 너무 묻혀 튀어나올 정도가 되면
천천히 뒷걸음질 친다

우리가 파라솔 하나만 펼치고
치킨을 팔았던 적 있지 않았습니까

아버지, 저
그땐 합이 꽤 잘 맞았던 것 같은데

내 생일과 내 나이를
되묻는 사람 당신에게
내 생일은 구월이라 알려준다

구월은 돌아온다
새는 끝까지
살아남은 새는
기어코 돌아와 쉬었다 간다

저는 비가 오는 날이면
치킨이 물에 떠내려가길

우리가 힘들게 튀겼던 시간이 다 무용해지길 바랐어요

그렇게 다 떠내려가길 바라도
끝끝내
아버지, 저
이젠 피자집을 합니다

치킨에서 피자로 옮겨가는 게
이 나라에선 성공이라고 불렸는데요

나는 치킨집 사장 아들
나는 피자집 사장 아들

단체주문은 이제 없다

냄새를 따라가지 않는다

로드뷰를 켰다
아버지는 앞에 나는 뒤에
허리를 감싸안았다

사람을 안을 기회가
배달하는 순간뿐이라면

이제 나무를 껴안을 일도
전봇대를 껴안을 일도 없다

우리가 도착한 곳은
전 세계 사람이 모여

축제를 벌였던 모양이다

우린 피자를 주러 왔다
피자 받을 사람은 없다

아버지 우린 도로에 묶여버린 게 아닐까요
아버지 어쩌면
지금 이 세상에 당신과 나 둘만
(남은 게 아닐까요)
유치한 괴담을 생성하면

머리 위로 공동체가 날아간다

부딪친다 떨어진다

저들은 떳떳해서 떨어진 거다

그들의 떨어진 눈동자를 줍는다
멀쩡한 식탁도 하나 건졌다

나는 시력이 좋아
사라지는 것들을
오래오래 지켜봤다

아버지, 당신을 껴안을 때
존재를 오래 생각했어요

만져져서가 아니라
약점에 관해 생각하느라

책임져야 한다는 생각에서 비교적 자유롭던 시절

사랑의 발원지가 자신에게 있다
나는 피자를 만지듯이 나를 만진다
천천히 굳어간다

이렇게 많은 피자를
몇 사람이 먹을까 생각하며 왔다

가름끈에 대해

태양이 수직으로 내리쬐는 오후 두 시
부재중 목록에 김씨 성을 가진 예술대학 교수의
이름이 찍혀 있었다
테이블 위에는 선물받은 블루투스
스피커가 열심히 재즈를 노래하고 있다
먼 나라에서 연주되는 음악을 여기
허름한 지하방에서 재현하고 있다.
유일한 가을옷 바바리코트가 열심히 다림질되고 나면
나는 다시 그 옷에 주름을 지게 한다
부엌엔 아침에 먹고 남은 소고기가 검정 핏물을 몸에
서 뿜어냈다
크게 움직이지 않으니 그동안 다녔던 복싱도 그만두
었고
산책 코스로 뛰었던 호수공원과 그 옆을 같이 뛰던 너

와 너의 강아지 역시

　그만두었다. 모든 일을 관두고 나니 천장 하나가 남았다

　여행을 준비한다

　여행처럼 일상을 준비한다

　새로운 메일이 도착하는 것. 너는

　기쁘다고 했다 그건 여전히 자신을 기억하고 있다는

거니까.

　가만히 숨을 쉰다. 숨 쉬면서 노래를 부른다 블루투스

스피커에 나오는

　유명한 가수와 듀엣이 된다

　나는 음악을 무척 아낀다. 노래에 맞춰 잔발춤을 추는

너를

　아끼지 않을 이유가 없다.

　집이 지하라서 아주 깊숙해서 밖에서 보면 우리가

잠을 자는 것처럼 보일 수 있다

테이블 위에는 네가 준 블루투스 스피커가 있다

물이 닿으면 기괴한 소릴 내며 터져버린다

잠시 사라졌던 네가 나타나 차가운 얼음이 든 컵을

테이블 위에 둔다

휴대폰의 진동과 사람의 숨소리와 바닥의 진공음을 전부

같은 것이라고 본다면

누구를 가장 먼저 침대 위로 불러들여야 할까

침대 위에선 누가 가장 기억력이 좋을까. 오래 기억하는 사람

당신은 나의 선하고 악한 면을 모두 같은 것으로 봤다

우린 많은 소식을 내보냈고 그만큼 들이기도 했다

먼지가 쌓이면 먼지를 닦았고 불과 물을 대등하게 여

겼다

　책에 밑줄을 긋고 귀퉁이를 접었다. 내 방식은 흔적

　다 읽고 다시 보면 처음 본 것 같았다. 당신의 방식은
망각

　우린 꿈속에서도 같은 시대에 살아보자고 깍지를 꼈
다. 허사였다

　컵 표면에 물방울이 맺힌다

　창문을 열지 않았지만 어떻게든 들어오려는 빛 덕분에

　우리는 보살펴지는 기분이다

　쏟지 않았는데도 물이 테이블 위에 흥건하다

　주변을 치우고 나니

　테이블은 물과 물이 닿으면 안 되는 것으로 구분되었다

초대

사람을 불러놓고 찾아갔더니
사람은 없고 종이컵 하나가 있다

그 안에 벌레가 있어
내가 도무지 해결할 수 없이 구체적으로 살아 있어

구겨도 돼?
돼

이걸 버리면 네가 다시 보인다는 거지?
응, 다시 나타날 수 있어

버리지 않으면?
……

농담이야, 너는 벌레에 늘 진심이니까
종이컵을 구겼다

문을 열고 텃밭에 종이컵을 던지고 뒤를 도는데
떨어지는 소리가 들리지 않았다
너무 가벼운 건 가끔 그랬다

나는 네가 나타날 동안 종이접기를 시작한다
개구리, 학, 최근에는 공룡까지

있을 수 없고 한자리에 모일 리 없는 것들이
조용히 애지중지 각자의 위치를 지키고 있다

간격 그리고 간격

벽의 면을 따라 노란 진액 같은 것이 흐른다

창틀은
이 모든 노력이 허망하다 、

개미 한 마리가 들어와 흰 벽을 오른다

무리에서 이탈한 어느 나태한 개미 한 마리는
어디까지 무례해질 생각인가

창문을 가까이한 나무는
한 가정에 영향을 끼칠 수 있나

나무가 내는 소리에 네 하루가 시작될 때

너는 나무의 언어를 모르니 그저 귀를 막고 악을 쓰거나
종이컵을 뒤집어엎을 뿐

그렇게 따지고 보면
이 방은 소통이 불가능한 것들의 모임이 아닌가

시계를 보니
각자 다른 숫자를 가리키고 있다
다행히 나는 그것을 읽을 수 있다

우린 읽을 수 없는 언어가 많다는 공통점이 있다
그중에 단 하나를 골라 소통 중이었는데

문득

개미의 더듬이를 뜯고 싶어졌다
신호가 끊긴 개미의 가정은 길을 헤맬까

다른 언어체계로
이방인인 것처럼

형태가 잘 잡힌 종이는 이름을 부여받는다
생긴 대로 이름이 지어진 것과
미리 이름을 짓고 생겨난 것

아무튼 음모론

해변에 드러누운 사람들
바다를 앞에 세워두고 전부
숨을 채워 넣고 있다

튜브는 혼자 회수되는 일이 많은데도
자꾸 사람을 데려갔다

손과 몸을 묻는다
누군가 띄웠던 비치발리볼 공이 이제야 떨어졌다

무지개가 땅에 박히면
모두 그쪽으로 달려들었다

부스러기만 남아

손가락 끝을 지그시 눌러 찍어 먹었다

깍지를 낀 손이
물속에서 차올랐을 때
빈틈없이라는 말은 우리의 오만이었을까

파라솔 밖을 봐
몇 시간 전의 피부는 저 바다에 있어
쪼그라든 튜브가 착착 접힌 채 입막음 되고

사람 없는 시간대에 해변을 평평하게 고르는
당신은 누구입니까

비치발리볼의 룰도 모르면서

무작정 높게 띄우기

끝내 내려오지 않는 무지개 색 공의 행방을 두고

파라솔에 스스로 그림자를 묶는 사람들

서로 이만큼씩 누울 자리가 있군요

꽃을 놓친 사람이

아이스크림도 바다에게 뺏겼다

손이 녹아서일까

바다에서 한 사람이 걸어 나왔다

젖은 새처럼

눈만 빨갛게 부은 채로

사는 곳이 다르니

바닥을 찍으려다 포기한
소지품만 둥둥 떠올랐다

마음을 다하여

뺨을 바닥에 붙이고 팔과 머리를 집어넣으니
몸의 절반이 먹힌 모습이야

걸레 좀 줘봐
당신, 상반신도 없이 어떻게 말을 하나요
이게 이렇게까지 할 일인가요

직전에 먹은 사과 하나가 몸 어딘가에
굴러가는 소리가 들린다
누가 주워갈까 조각난 사과를

저 사람도
두 다리를 잡아주지 않으면
나머지 절반까지 사라질 것 같은데

어느새 발목만 남은 당신을 보니
저 정도는 내가 충분히 가져가도 될 것 같은데

마룻바닥이 다 흡수하기 전에

한 번 밀었던 곳으로 다니지 마
당신이 밀었던 곳을 나는 지나다닐 수 없다

물 트는 소리가 들렸는데
당신, 온몸이 젖은 채 거실을 활보한다

마룻바닥의 틈으로
발자국이 들어간다

나는 밟을 수 없는 곳으로 당신이 들어간다
들어간 김에 구조를 바꾸겠다며
나보고 잠깐 나갔다 오라 한다

주공아파트

흰 우유 좋아하세요?
주공아파트 단지 앞에 자판기가 있어요
정말 생뚱맞은 자리에 있어요

나도, 당신도 그런 걸 좋아했어요
뜻 없이 웃을 수 있는

교토
그곳에 가자
고즈넉함이 도시가 된 곳
이곳은 어떤가요? 주공아파트도 꽤 고즈넉한데

두고 온 것이 있다고 하여
잠시 기다리고 있었는데

눈을 감았다 뜨고 다시 감았다 뜨고
바뀐 건 없었는데 바뀐 게 없어서 이곳이 사라진다

두고 온 것이 무엇이냐고 물었더니 사소한 거야
사소한데 중요한 거야, 라고 했다.

그건 참 중요하지

서로를 더 잘 알기 위해
100가지 질문이 적힌 노트를 들고
마지막 줄을 다 적고 나면 우린 다른 어른이 돼 있을
거야

아는 만큼 모르는 만큼 정직하게 볼 거야

저 나무의 잎이 몇 개인지 세지 않고도 좋아할 수 있
는 것처럼

철거 예정인 단지를 걸으며
이곳은 꼭 교토 같아
사라질 것 같아
흰 우유가 나오지 않는 자판기 같다

주정차금지 푯말을 비웃기라도 하듯
많은 차량들이 주차되어 있었다

어른처럼 걸어보자
꽃잎을 밟고 무게가 없는 것처럼
곧 사라질 것처럼

마셀린*

우리의 목표는

아름다워지기

나이에 관계없이 꼬부랑 노인이 되어서도

아름다워지고 싶다는 소망

하나뿐이었다

재지하고 펑키하게

* 미국 애니메이션 〈어드벤처 타임〉에 등장하는 반인악마, 뱀파이어 캐릭터이며
작품의 주인공인 핀의 친구들 중 한 명이다. 종족상 인간, 악마, 뱀파이어 혼혈이
다. 뱀파이어 퀸(The Vampire Queen)'이라는 별명을 가지고 있는데 뱀파이어
킹은 마셀린이 죽였다. 록 음악과 노래하는 것을 대단히 좋아한다. 가문의 도끼
를 베이스 기타로 개조해서 연주하고 다닌다. 느긋하고 성숙한 이미지나 강한 힘
에 어울리지 않게 은근히 연약한 면도 있다. 사소한 일에 살짝 잘 삐지는 경향이
있고 아버지와 사이가 나쁜 이유는 아버지가 자신의 감자튀김을 몰래 먹어버렸기
때문이다. 하지만 이는 18세 때 뱀파이어가 되어 그 이후부터 육체적, 정신적으로
성장하지 않은 탓이 크다.

사물함

그녀의 삼촌은 유명 가수다

그녀는 유명 가수와 함께 찍은 사진을 반 친구들과 공
유하면서 인기를 얻었다
인기는 입에서 입으로, 점심시간에서 가정시간으로

각자의 가방에 음식 재료를 한가득 준비한 날이었다

책상이 붙어 있다고
전부 짝꿍이 될 수 있는 건 아니야

반을 나누면 조
조를 나누면 분단, 분단을 나누면

곱슬머리라는 이유 하나로
교실에서 밀려날 힘이 생겼다

신발이 있을 자리엔
신발이 없고
원하는 건 저 바깥에 있다

너는 이거나 섞어
나는 열심히 섞었다, 재료가 뭔지도 모르고
너무 저어 팔이 저리다 생각했을 때
뭔가 단단히 엉킨 것을 보고
손가락으로 찍어봤다

단맛이야, 거의 다 됐어

다 만든 음식이 선생님들의 입으로 들어갈 때

남은 재료는 다시 가방으로

소모전에 익숙한 아이들은 집까지 같이 갈 친구를 미
리 구했다

자물쇠를 걸듯

약속된 친구

우리 반 번호가 홀수로 끝나기 때문만은 아닐 것이다

구역이란 게 공평하게 주어지는

청소시간에

분명 많은 게 오갔는데

티가 나지 않습니다

쨍한 여름날
반에서 어떤 악취가 흘러

그녀의 사물함에서 상한 재료들이 나왔다
선생님은 나를 시켰고

쓰레기장을 오가는 동안
왁스 냄새를 떠올렸다
아니 엉켜 있는 어떤 재료였을지도

그녀는 그날 모든 수업시간에 눈물을 쏟았다
양동이가 필요해 보였지만
밀걸레가 이미 차지했다

눈물은

반도 아니고 조도 아닌

샌드위치였다

춘래불사춘

다음 달에는 앞머리를 잘라야지 하며
잘라진 나를 미리 거울 앞에 세워보는 일

뚫어지게 쳐다보면 외려
그곳에서 멀어지게 되어 낯설어졌다

외면과 겸상을 하면서
다른 장소에서 깨어나길
천장을 보고 잠들면 꼭 바닥에서 일어나는 것처럼

언제부터인지 도착했다고 인지하기 이전에
미리 와 있는 때가 있다

어느 카페에서

잎이 천장에 닿을 정도로 큰 크기의 화분을 봤는데
그것을 화분이라고 말할 수 있는 사람은 아직 도착하
지 않았다

차마 떠나지 못하고
의자에 몸을 의탁한다

누군가 인테리어라고 말하자 옹기종기 모여 사진을
찍었다
나무가 말없이 숲이라는 간격을 만든 것처럼

누군가 내다 버린 의자에 사람이 앉았고
앉고 나니 버린 게 아닌 것 같은
억지로 앙상해진 기분이다

강제로 나무를 흔드는 기계를 앞에 두고
나는 왜 몸을 떨었을까

발을 떼지 못하고 한없이 멀어지는 것들은
어디까지 갔었는지 대답해주지 않았다

밤새 펼쳐놓은 잎들을
아침에 회수하는 사람에게
봄은 허리를 많이 숙이는 일이라고

바닥의 꽃을 수거하면
가지 하나를 흘리고 가는 일
아무도 없이 가끔
중력처럼 던지면 돌아오는 줄 알고

소릴 질렀는데 떨리는 건 혼자

누군가 나를 세차게 흔드는 꿈을 꾸면
몸이 아팠다

空

층고가 높은 카페는 대화를 시작하기에 좋다
글을 쓸 때 한 줄 띄고 적는 것처럼
허공을 뚝 떼고 그 밑에 사람들

밀려 쓴 날이 많은 당신에게서 택배 하나를 받았다
잠옷이 있었고 잠옷 뒤에는 다른 잠옷이 있었다

하나의 몸에 두 개의 잠옷은 너무 많은 잠을 부르는데
나는 하나의 잠도 감당 못해서 쌓아두고 잔다
옷 입은 채 증발한 사람들의 무덤처럼

대화를 하려고 모인 카페는 입보다 눈이 더 바쁘게 움
직인다
나는 통유리 밖에 예쁘게 꾸며놓은 텃밭을 보고 있다

직사각형의 정갈한 싱싱함이 예뻐 보이는 이유는
오와 열을 벗어나지 않아서야.

텃밭에 상추가 벌써 이만큼이나 자랐네, 키워본 적도
없으면서
가늠하는 법만 배웠다
오늘은, 을 쓰지 않고는 뒷말을 채울 수 없는 나는
저 텃밭이 마냥 부럽기만 해

한 가지로 텃밭을 가득 채울 수 있으니까
무럭무럭 자라는 상추 하나만으로도 저 공간은 기승
전결을 이룬다

한 가지 말로 가득 채울 수 있는 편지를 쓰려다

지도를 그리는 중입니다

텃밭의 상추처럼
우리도 서로의 꿈에 파묻어주자

음지에서도 양지에서도 발견되지 않게
당신도 못 보고 나도 지나치는 풍경에서 지도는 활동
한다
언제든지 들를 수 없는 곳이어야 한다
그래야 말이 되지

등 돌리기 좋은 시간에 해는 떨어진다
많이 쳐다본 아파트
많은 사람이 들렀던 공원

더 많은 사람이 지나간 카페
이제는 매매 딱지가 붙어서 조용한 유리

상추는 말없이 하루일지를 몸에 기록한다
애벌레가 몸을 관통함
몇 장의 잎이 썩어 변색됨

우린 상추의 정갈함에 반했다

길을 다 외워버리면 지도는 버려도 좋습니다라는 말
을 남겼다
멀어지는 대화 밑에
사람 둘 나간다

균형

1) 오래오래 살고 싶어. 가끔 비어 있는 말에 들어가 몸을 웅크린다. 내가 먼저 들어온 사람이 아니라는 걸 알아차릴 때 말은 짝수가 된다. 입 밖으로 나왔지만 들어갈 수 없는 말은 속을 파낸다. 스스로 빈집이 된다. 속 빈 문장들이 매매로 나오길 기다린다. 어떤 문장은 사람들이 많이 거주한다. 아무도 살지 않지만 스스로 방을 꾸민다. 방문자가 없는 문장이 완성된다. 그런 문장은 대개 별처럼 눈에 보이지만 끊임없이 이동한다. 당신의 생각보다 더 멀리서 끌고 온 문장을 가지고 당신의 생각보다 더 먼 곳으로 간다. 우린 각자의 지구가 된다. 멀어진 만큼 잊었다가 가까워진 만큼 다시 기억이 된다. 낮과 밤이 생겼다.

2) 박물관이나 전시회장의 필요성을 생각했다. 과거

에서부터 죽음을 질질 끌고 온다. 죽어 있는 것을 전시하는 일은 값어치가 띈다. 저들이 저들의 안식이 돼주려고 먼저 땅에 가라앉는다. 온기 없는 것들에게도 잘 자리는 필요하다. 땅은 산 자와 죽은 자에게 불공평한 평수를 내어준다. 말에도 死語가 있다. 발길이 끊긴 곳은 계절감이 둔해진다. 몰래 훼손되기도 한다. 그림자를 뺏긴 말은 무게가 가벼워진다. 중력은 그들까지 잡아놓는다. 그것이 각각의 의무가 된다.

  3) 새끼손가락을 접으면 따라 접혀오는 손가락이 있다. 내 몸인데도 제대로 움직이게 할 명분이 서질 않았다. 라디오에 사연을 보낸 다음 한참 동안 답장을 기다리는 청취자가 된다. 그럼에도 오지 않는 답장이 있다. 할 일을 다 끝내고도 오전이 끝나지 않았다고 생각할

때 하루를 맘대로 끝낼 수 없다는 상실감이 지구 반대편에서 그림자를 끌고 내 발에 붙어났다. 나와 내 반대편 사람과의 하루를 두고 줄다리기를 한다. 밀지 않아도 쓰러지는 꿈을 꿨다. 꿈 안에서는 내일이 마중 나와 있던데

4) 모르는 것이 많은 엄마는 자주 나를 불렀고 나는 엄마의 버릇처럼 존재했다. 나를 움직이게 할 명분이 없는 엄마가 독서를 시작했다. 눈으로 읽으면 따라가는 초점이 있다. 쓰러지는 흔들림이 있다. 엄마가 가는 게 아니라 종착역이 오는 중이었다. 천천히 읽기 시작하면 배경이 천천히 흘러간다. 빨리 읽는다면 혼자서 늙어버린 입술이 된다. 입술의 운영시간에 대해 고민하다 그만 엎드리고 만다. 아무도 오지 않는 늦은 밤, 입을 열

었는데 너무 늦었으니 자고 가라고 한다. 어떻게 나를
펼쳐두고 잠을 자겠어요.

　눈은 무수한 글자가 된다 당신은
　아직도 하나의 문장이 길다
　당신의 감은 눈은
　무수한 띄어쓰기, 혹은 엔터, 쌓인 말들이
　서로 엉켜
　말이 아니게 됨

흰

먼, 그렇지만 노력하면 닿을 수 있을 것 같은
그런 구체적인 지명의 어딘가
작동하는지 안 하는지 모르는 자판기에서
흰 우유가 잠들어 있다

거미줄과 먼지로 잠시 유령인 척
나도 얼마간 침묵으로 동의하면
덜컥, 원하는 것을 줄 수 있다

적당함을 모르는 것들이 흰 것을 온통 앗아간 덕에
젖소 대신 자판기로 어린 시절을 연명했던 우리들

원망이 자라지 않은 이유는
더 이상 추락하는 꿈을 꾸지 않아서가 아니라

몸이 하양을 추방하고 있기 때문이다

같은 흰 것이라도 사후 직전까지 재생되는 것과
단 한 번의 기회로 끝나는 것은 달랐기에

비싼 돈을 들여서라도
이빨을 박는 것은 칭찬하고
새치는 보기 싫어 뽑아버리는 일

소화 불량인 몸에서 검은 피를 솎아내고 나서
기운이 허하다며 내온 흰 죽으로 생기를 돌게 하는

순환
단 하나의 역할을 위해

태어난 것들을 애도하기 위해

나는 빨래망을 들고 세탁기를 돌린다
흰 것은 흰 것끼리
같은 종을 따로 사육하는 것처럼

너무 하얀 이빨은 외려 입을 오므리게 만들었다

나이 든 이웃의 입술이 말려들어가
훌훌거리는 소리를 자주 들었는데

안과 밖이 뒤집힌
건조대의 세계에서
사방으로 말라 영역을 잃어가는

단 하나의 얼룩

세탁기를 발명한 사람의 소망은
착색 없는 순수한 외로움이 아니었나

나이가 들수록 더 큰 목청으로 울 수 있는 게
비단 세탁기만은 아니지 않나

아프고 싶은 날은 양말만 신어도 아프다

고양이가 사라졌다
그 대신 사람이 호텔에 있고

노크를 자주 하는 사람의 손가락 마디가 시퍼렇다
누군가를 꾸준히 부르는 것만으로
사람은 아플 수 있다

복도를 걸어간다
이 문 뒤에는 누가 살아 있니 물어보면

여행 가방을 열지 않아서 대답을 할 수 없는 옷들이
마냥 들썩여댔다
그 소리를 사람이라 생각하고 지나가야
이곳에 사람은 나뿐이라는 생각을 안 하게 된다

긴 복도의 한쪽 끝에 서서 반대편을 본다
눈을 멀리 던져놓고 도로 주우러 가는 기분으로

굴러다니는 것만 보면 정신을 못 차리지
그래서 이 호텔에는 동그라미가 극히 드물다

그래서 눈이 빠져라 몰입하는 것은 위험하다
창밖의 고양이가 가시덤불 위로 뛰었고
왜 착지는 보여주지 않고 사라지니

손가락에서는 하루에 백 번의 두드림이 있지만
끝까지 열리지 않는 문이 있는 것처럼

돌아온 사람이 짐을 풀지 않으면

옷들은 영영 여행 중이라 생각한다

3층과 4층을 오가는 계단에 엉거주춤 선다
양말을 잘못 신었는지
실밥이 자꾸 발등을 누른다

고작 실밥인데
발톱 같다.

해가 동그랗게 몸을 말면서 떨어지는 모습을 오래 지
켜봤다
손가락으로 지그시 눈을 눌렀다.
마사지가 아니고 눈 안쪽에 어떤 착지를 들으려고

호모 비아토르(Homo Viator)*

집으로부터 멀어지는 중입니다.

먼 곳으로 여행을 가기 전에
집의 가구를 하나하나 천천히 훑었다.
어디 가지 말고 잘 있으라는 듯이
떠나는 건 난데 남겨진 집이 더 마음을 단단히 먹어야
했다
시선으로부터 멀어지는 연습을 같이했다.

누군가의 출근길을 촬영하면서 걸어갈 때

* 철학자 가브리엘 마르셀은 인간을 호모 비아토르(Homo Viator), '여행하는 인
간'으로 정의했다.

동네의 중력에서 멀어졌다는 생각이 비로소 생겼다.

　이미 나온 몸을 집에서 찾을 수는 없지만
　나 비슷한 게 발견될 수 있다
　그 생각 덕에 집은 무너지지 않고
　낡아가고 있다

　호텔이 좋아. 룸서비스가 잘 되어 있는 곳이면 더할 나위 없고, 높은 곳이라면 어디든지 환영이야. 그는 높은 곳을 좋아하는 여행자였다. 우주라는 말을 자주 꺼내는 사람 중에는 정말 우주로 가버린 사람이 있다고, 그런 사람은 집에 짐이 거의 남아 있지 않아서 지구로의 귀환이 오히려 여행처럼 느껴지기도 한다고, 그곳에 사는 우리가 외계인처럼 보이기도 한다며 창문을 바라

보고 말했다.

　창밖으로 어린아이가 서성이고 있다
　서성이는 행동을 공원과 주고받고 있다
　공원이 아이를 멀리 던졌는데 아이가 돌아오지 않았다.

　미아일까 여행일까
　밑에서 아이가 고개를 들어 올렸을 때 눈동자가 보였
는데
　우리는 말없이 높은 외계인
　오래 지켜본 것만으로 아이는
　최선을 다해 까마득해지고

　캐리어를 열면 여름옷과 겨울옷이 서로 포개져 있다

지구가 비스듬하게 기울어져 있어 한 번씩 계절이 엎질러진 탓이다

그럴 수 있지, 여름도 가끔은 추우니까

이불을 덮고 나면 입만 자유로워

서로 어둠을 보고 말하는데

자꾸 덜 어두운 쪽을 찾으려고 애쓰고 있다

집과 비슷한 부분을 찾으려고 등이 머나먼 동네를 더듬고 있다

간절해지면 시야가 낮아졌다, 온도가 떨어졌다

우리 중 누가 춥다고 말했다

신1, 인간2, 컵0, 펭귄?

신 이야기가 나왔어
정확히는 오늘 아침에 설거지를 하다 깨진
컵에 관한 이야기였는데

왜 컵은 예고도 없이 깨지는 걸까
날 두고 말없이 떠나다니 너무 괘씸해
너의 말에는 분명 대상이 존재했는데
그가 들었을까? 하는 의문이 들고

너는 사건이 일어남과 동시에 다른 사건을 마주쳤다
주문했던 쌈무가 모서리에 부딪쳐
물이 다 샜다는 이야기
오늘 먹을 생각이 없던 쌈무를 오늘 안에
먹어야 한다는 게 참

오늘은 끝도 없이 불행하니 나가지 않겠어
물론 늘 나가지 않았지만, 이라 말하는 너를 두고
나는 네 탓이 아냐
그리스 사람들처럼 생각해보자

그때 처음으로 신이 등장했어
컵을 깬 건 칼의 뒤꿈치에 부딪쳐서 그랬으니
칼의 신이 날 저버렸구나 생각하면 되고
쌈무는 모서리에 찢었으니
모서리의 신에게 외면받았다 생각하면
네 잘못은 하나도 없게 되는 거야

신은 외면만 하지 베푸는 걸 보지 못했어!

신이 인간에게 베푼 적이 없다면
인간은 베푼다는 걸 언제 배웠을까

우린 한동안 대화를 하지 않고
각자 할 일을 했다
나는 책에서 네 말투를 닮은 대목을 하나 가져와
이렇게 말했다

여기 네가 좋아할 만한 직업을 찾았어
우체국에서 편지를 부쳐주는 건데
이곳은 남극이라 편지 부치러 오는 사람이 거의 없다
시피 한대
네 역할은
펭귄을 세는 거야

펭귄을 어떻게 세지? 고민하다
책 속의 한 인물은 매일매일 거짓말을 한다고 했다.

오늘은 서른 마리의 펭귄을 보고
내일은 딱 일곱 마리만 봤다고 해봐
그렇게 매일 아무도 확인하지 않는 거짓 일지를 쓰는
거야

난가?
응 꼭 너 같아서 웃었어

Magic Chair

아침을 먹고 싶다면
의자에 손을 더듬어라
복도는 행려병자처럼 온다

4인실도 혼자 쓰고 6인실도 혼자 써야 해요
고개를 옆으로 돌린다고
없는 사람이 등장하는 것도 아닌데
매일 밤 등은 어느 쪽을 외면할지 선택해야 한다
일어나면 돌아누웠던 쪽이 뭉쳐 있다

짓눌리지 않는 베개, 죽지 않는 선인장,
꿈에서도 방으로 들어가는 사람의 구체적 불안

목적지가 가까워지는 것보다

출발선이 희미해지는 쪽을 바라본다
사람들은 이걸 뒤로 걷기라고 한다

뒤로 걸을 때 목적지가 따끔거리는 기분과
어딘가 주춤거리는 다리
목울대 너머 망망대해가 차갑게 얹히고

의자가 문밖 가까이에 있어
잠깐 쓰다듬는데
너 비 맞아본 적 없구나?
의자는 그런 것이다

머금어본 적이 없으니
그들에게 쥐어짜낸다는 말은 없는 표현이다

비도 과거를 다시 증발시켜서 쥐어짜낸다

그렇다면 사랑은요
사랑을 다 써버린 시대가 온다고 하면
우린 그저 의자를 문 앞에 두고 잠을 청해야 한다

자음이 먼저 사라지고
모음이 꼭 신전의 기둥처럼 남아 있어
사랑을 추측하기 시작한다

다음 날 빈 의자에 먹을 것이 놓여 있는 기적처럼
누군가 놓고 간 사랑이 있을 것이다

마술처럼 속고 살아도

마냥 행복할 것이다.

내가 기계를 잘 알아서가 아니라

우리가 서로를 바보라 부를 수 있게끔
0부터 시작해보자는 피식거림
그 배려

남는 게 없어요
서로를 생각하다 보면

침체와 불황의 그래프에서 벗어나보자 했는데 그건
소비가 시작되는 순간
잿더미에도
폐허에서도

전깃줄로 날아오는 새를 위해
한 칸씩 옆을 비우는 새들을 본다

여름이면 느슨해져
팔꿈치를 보고 죽은 살이라 말하곤 했다
그 죽은 살을 꼭 잡고 걷는 걸 좋아한다

쉴 틈 없이 귀를 만지던 손
손이 사라지고 도리질을 하면 귀에서 향수 냄새가 났다
내 향 아닌 향이 나는 것 같아
헛것이 보이기도 했다

시작은 산책이었지만
산에 도착했다
산 정상에 하얀 H가 그려져 있다

독도법. 지도를 읽는 방법

지도에는 어떠한 글자도 적혀 있지 않아서
격자로 쪼개고 쪼갠다
읽기는 수없이 잘게 읊조리는 것인가

당신과 나를 합친 그림자에선
어떤 발음이 흔들리며 하산하고 있나

새로운 문이 열릴 때마다 전부 안으로 들여보내고
혼자 문을 닫고 다시 열기를 반복하며
이렇게 긴 시간을 거슬러왔다
촛불 없이도 올릴 기도가 있고
합장 없이도 눈이 감기는
저기서 우리가 보일까
그럼 춤추는 건 어때

이미 지나간 사람들의 표정에 하나씩
의미가 붙어서

우리 각자의 생일에 어떤 안부도 묻지 말기를
계단 하나의 높이를 오르기 위해
한 번쯤 나를 거절해보기를

견디는 힘

잠을 자고 싶다는
아주 단순하고 강력한 바람을 갈망한다
그만큼의 절실함이 매일 몸속에서 길어 올려진다는
것도 신기하지
대청소를 마친 방의
창문을 여는 실수처럼
여태껏 조화롭던 일의 순서가
재구조화되는 꿈을 꿔. 과정 이후의 결과가 아니라 결
과와 과정이 서로 포개진 형태로
탓하지는 말기 그저 한바탕
꿈이라는 것을 잊지 말기

은행원이 적금해지를 미루고 있다
뉴스에도 나왔는데 못 봤느냐며 돈을 꺼내주지 않고

있다. 꿈은 아니고

　너는 복잡한 것을 모르고 너는 솔직하고 너는 울 것
같은 표정으로 뭔가 잔뜩 적힌 포스트잇 하나를 손가락
에 붙이고 나온다. 오후 1시 30분. 무언갈 해결하려고
열을 올린 사람들 틈에서

　집과 네 위치 사이에 커다란 호수가 있다
　최단 거리를 검색하자 일직선이 그어진다
　너는 카페와 식자재마트의 유혹을 뿌리치고
　천천히 들어간다

　어둡다는 말을 할 때
　기포가 올라오는 것을 본다

너에게서 빠져나가고 없는 것을 본다
너보다 가볍고 너보다 귀하다

적금으론 택도 없지만
아주 조용한 곳에서
굴복하고 싶어
지금 사는 곳은 너무 뜨겁고 너무 춥고
철새들은 보증금이 필요없지
맨 앞만 보고 따라가면

분한 건지, 억울한 건지
오래된 궁금증에는 알코올향이 배어 있다
피곤한 건지, 헷갈린 건지
같은 말을 반복하고 있다

잠은 발밑을 고정하는 것이 아니라
숟가락에서 천천히 떨어지는 꿀처럼

몸이 너를 두고
정신이 너를 두고

세계와 너를 분리시키는 중이라고
관찰자가 되어가는 과정이라고

관찰자는 적금이 필요 없고
신체가 의미에 엮이지도 않으며
배당된 공간도 없다

우리는 딱

두 눈동자만큼

좁은 곳을 향해 간다

야광속

깊이와 넓이와 높이를 가질 것. 인간이 만든 것. 그 모두를 충족할 것. 인간과 사물에게. 넓이와 높이는 알겠어. 근데 깊이는 뭘까. 사연일까 내력일까 이 집엔 신고가 몇 번 있었다 사기 전에 들은 소식이었지만 선택에 영향을 주지 않았다. 과장하지 않는 게 너의 미덕이고 수더분한 게 나의 미덕이었으니까 그래서 이 집은 아무도 알 수 없고 사진으로 동영상으로 과거로만 존재했다 너는 문제가 생길 때 사람을 쳐다보았다 해결해달라고 말하지 않으면서 자기가 곤란하다는 것을 알아주었으면 하는 마음 맞아 마음이 중요해 그건 온돌 같은 거야 바닥 시공에서 가장 중요한 역할을 하지 우린 결국 땅을 밟고 살아야 하는 사람들이니까 땅이 차가우면 우린 어디에 발을 대야 할까 솟아오르는 새들도 섬에 나뭇가지에 기대는데 우린 도무지 기댈 곳이 없어 집을 사기

로 했다 우리 같은 사람들이 모여 사는 곳도 있지 않겠
니 값싼 빌라촌이나 살인이 아주 드물게 한 번씩 일어
나는 곳 벗어나고 싶지 않냐고? 벗어나고 싶었어 고향
에서 될 수 있다면 성도 이름도 다 떼고 싶었어 사람이
빛의 속도가 되었을 때 거울을 보면 아무것도 비춰지지
않는다고 한다 느껴지지만 인식되지 않는다 너는 빛이
되고 싶니 응 빛이 되고 싶어 나는 백열전구 하나를 꺼
내 필라멘트를 보여준다 너는 이 작은 곳에 들어가 살
수 있다는 거지 물론이지 나는 아주 작은 곳에서도 아
주 큰 곳에서도 살 수 있어 지금처럼 가로×세로×높이
가 주어진다면 공중이 마냥 시선의 쉼터로 허비되지 않
는다면

　너는 역할에 구애받지 않는다 앞치마를 뒤로 매기도
하고 가족영화를 혼자 본다 살인에 관대하고 신파에 혀

를 찬다 빠르게 좀 더 빠르게 너는 일을 한다 초인종이
몇 번 울린다 이 집에 사람이 있는지 확인하기 위해 이
웃이 한 번 경찰이 한 번 이 집은 과거에 신고 이력이
몇 번 있었다 이 집은 너의 기억으로 거울로 존재한다

　빛이 아니라 빛에 가까운

재능

네가 할 줄 아는 게 뭐니 핀잔은 아니고 잡아먹겠다는 건 더더욱. 기초가 부족해서 그런 거야 기초란 거 그거 대체 누가 만든 말일까 기초는 아무리 강조해도 부족해서 기초만 쌓고 있다. 글쓰기의 기초. 명상의 기초. 근육의 기초. 사랑의 기초. 그러니까 너네는 이거 다 뗐단 거지? 또 나만 뒤처진 거였네. 그래서 무너져봤니. 기초 부족한 애들이 늘 응용에서 고꾸라지는 거 흔한 일이잖아. 3등급이 우연히 1등급 맞아서 자기가 1등급인 줄 아는 것처럼. 우린 학습이 필요해 아니 보충이 필요해 아니 시간이 필요해 아니 돈이 필요해 기초를 뛰어넘을 수 있는 치트키가 필요. 강제로 뼈에 금이 가게 해서 막혀 있는 성장판을 여는 시술. 이야기의 마지막 페이지부터 보고 처음으로 돌아오기 회귀자처럼.

행동하기. 뻔뻔한 표정으로 문을 열고 닫아 안 본 것

처럼. 내가 할 줄 아는 거 무당한테 물어볼까 이웃이 적은 현실과

　더 적은 블로그 더 적은

　내 이웃 여기 보세요

　난 말이에요

　깊게 더 깊게 잠에 들고 싶어요

　교통사고가 난다면 수평이 아니라 수직이고 싶어요 집과 몸이 붙어 한 몸이에요

　내가 굶으면 집도 굶고 집이 기울면 나도 고꾸라져요 더 멀리 갈수록 더 강한 갈등을 챙겨야 해요 그래요 바리바리. 하룻밤을 보내기 위해 너무 많은 불면을 보냈어요

　이제 나는 재능이란 게 뭔지 조금은 알 것 같아요. 그

거 알고 보니까 뭐 없어요. 있으면 있는 대로 없으면 없는 대로 살아요. 살다가 어느 날엔가 한 번 듣게 되는 말이에요.

필연

    캐러멜을 먹는다 입에 사각형이 달각달각 움직인다 어느 쪽으로든 굴리다 보면 소리 사라지고

    무섭지 않습니다 당신이 없을 때 일식이 왔었어요 눈을 깜빡이지 않고 다 지켜봤어요. 그건 마치 세상의 규칙을 밀고 당기는 것처럼 보였어요. 거대한 달이 혼자서 밤 다 밀어버리고 나는 스페어처럼 언제든 무너질 마음이었는데

    공포입니까
    오롯한 흔적입니까
    덜 깨어 있어 살려준 겁니까
    나는 그때 깨달았어요. 누구나 가질 수 없는 것이 있다는 걸.

습관이 되어버린 기분은 비밀이고 나의 잃어버린 대본 누가 대신 읽고 있다면 내 대사로 나 아닌 삶을 살고 있다면 나는 언제쯤 하차합니까. 그전에 사랑은 해볼 만큼 해봅니까 애드립으로 이유 없이 아픈 사람 늘어나니 이유 없이 약 사는 사람 증가하고 있습니다

　캐러멜은 녹는다 녹은 캐러멜 안쪽에는
　겉보다 단단한 캐러멜이 있다
　단단한 캐러멜의 안쪽에는 그보다 더 단단한 캐러멜 있고

　이 오묘한 반복

　이걸 반복하는 내가 있다

무신론자

할머니는 무당이었다
러시아에서 한국어 수업 시간 때
애정하던 아이가 다가와 이렇게 말했다

선생님 얼굴 못생겼어요
사랑스러운 아이

나를 아는 사람은 모두 날 괜찮다고 해줬는데
날 모르는 사람은 모르는 나를 자꾸만 들춘다

눈을 천천히 감았다 떠야 해요. 의식적으로
 안검하수를 겪은 사람들은 잠들 때와 깰 때 겁이나 나
도 모르는 내가 툭 튀어나올까 아니 폭삭 주저앉을까

마음의 준비랄 것도 없이

소비되는

트라우마 트라우마 트라우마

아주 작은 못으로 벽을 깨우듯이

소수의견에 다른 소수의견이 따라오듯이

재가 되고 남는 건

침대 밑 부적의 효험

은 깨어 있을 때 효과 있다고 말한 적 없다

나는 매여 있지 않은 줄을 잡고 있다

손님들은 할머니의 말을 믿고 있다

믿음은 아이의 것이 가장 귀하더랬다

이제 이 집에 아무도 안 살아요 해도
사람들이 멈추고

나도 멈춘다
아이의 얼굴 앞에서

살얼음이 낀 문짝을 여는 것처럼
오래 비어 있는 집이라 생각했는데
대답이 들려온다

선생님 얼굴 낫게 해주세요
모국어로 또박또박

자생식물

여기 방이 있고
졸린 사람도 있다

전기가 돌고 냉장고에 불이 들어온다
독이 제거되어 먹을 수 있는 것들만 잡힌다
여기서 먹을 수 없는 건
나와 당신

하품을 한번 하고 나면
깊은 잠에 드는 걸까 아니면 긴 잠에서 깨어나는 걸까

뒤집힌 책처럼 당신은 애매하다
의무가 수명을 잡아 늘리는 것 같아
나는 볼펜을 들고 밑줄을 긋는다

당신의 아문 상처를 째고

눈을 감았다 뜨면 식물의 나라
의식은 뿌리에서 줄기로, 잎으로 다시
누군가의 입으로

키스를 하면 꿈에서 깨어난다는 이야기
고난과 역경 없이
배에 손을 올려둔 것만으로
삶의 주인공이 되는 인형처럼

못 빠진 자리가 많은 방
오해 사지 않게 미리 사진을 찍어둔다

무엇을 추억하려고
이렇게 많은 못질이 있었나

눈에 뭐가 들어간 거 같아
너무 많은 장면을 목격해서 그래
이제 보는 건 그만하자

이토록 좋은 날씨에 넌

가족 욕을 했다. 아니면
신을 욕하거나

일 년이 조금 넘는 서울 생활을 마치고
살던 곳을 떠날 때 너는 구멍 많은 벽이었다

네가 끔찍하게 생각하는 집으로
그 집으로 스스로 걸어 들어갔다. 장대비 쏟아지던 날
집엔 언니와 남동생이 있었지만
너는 일 인 가구의 일 년 치 살림을 온전히 혼자서 옮
겼다
아저씨가 남자도 없냐고 물었을 때
넌 그게 모기 소리 같다고 했다

서울 날씨를 검색하려다 서울을 지웠다
너는 이제 서울에 없고 날씨가 되고 싶다
온다 했다가 오지 않아도 어쩔 수 없이 수긍해야 하는

나를 남자라고 생각해줄래
그래서 호랑이라는 별명을 마음에 들어했는지 몰라
나는 네 생일날 박수 치며
산중호걸을 크게, 아주 크게 불렀다

호랑님의 생일날 모두 모여
너 하나만을 위해 모여

있잖아, 여긴 다른 차들이 몰래 불법 주정차를 해
오래된 아파트는 구역 자체가 주차장이거든. 그렇게

말하며

역시 인간만큼 해로운 건 없다는 결론에 도달

미국과 중국이 분리수거하지 않고 무단투기해도

한겨울 분리수거장 앞에 라벨을 뜯고

고기를 먹고 남은 기름을 흘려보내지 않고 밀가루에
치대

그냥 흘려보내지 않는

너는 영원한 사랑을 꿈꾼다

신중한 사랑을 원했다가 하룻밤 불장난 같은 충동에
몸을 맡기고도 싶다

너는 남자가 되고 싶다. 정확히는 사람이고 싶지 않다

더 정확히는 신을 만나고 싶다. 무신론자의 마지막 소

원이다

　아플 거라면 이유를 만들어주고
　원인에 이름을 지어 주었으면
　평생 끝나지 않을 것 같은 삶의 흑막이 누구인지
　귓속말로 네게만 알려주기. 그 사람과 매일 아침을 먹기

　마침내 네가 날씨 되어

재배고도

해발 오천 미터에 경비원이 근무한다
초소 옆으로
가로로 뻗은 차단봉이 있고
구름보다 높은 곳에서

그렇죠, 아파트는 숫자를 정합니다
이 아이가 울면 저 집은 쯧쯧, 하며
혀를 차고
윗집이 쿵쿵대면 새벽 내 범인찾기에 몰두

개똥과 먹다 버린 아이스크림은 쉬쉬하면서
왜 밤은 도대체 밤은
얼굴보다 목소리에 더 민감합니까

수평의 사람은 친절하죠

사랑은 옆에서 옆으로 번식하고

증오는 위에서 아래로

그렇지만 1층 주민은 독신에 화도 내지 않는걸요

고지서를 넣으러 돌아다니는데

술에 잔뜩 전 취객이 휘청인다

해발 오천 미터 고지에서

한국어도 천사어도 아닌 합성어로

집에 가고 싶다고

한 손에 과일바구니를 흔들며 다가온다

자기가 잠깐 지상에 내려갔다 왔는데

그렇게 사람들이 자길 좋아하더라는 말
껴안고 키스하고 동상을 세워줬다는
잠꼬대 비슷한

신발 한 짝을 사랑하는 사람에게 주고 왔어요
단추 몇 개는 바다에 뿌렸고
신분증은…… 신분증은……
대답이 같은 곳을 돈다

공원 몇 바퀴 돌면
찾을 수 있을 것 같아요
나랑 좀만 같이 걸어요
악마어도 노예어도 아닌 합성어로
유혹한다

한 손에 손전등
다른 한 손에는 취객의 손이

무엇이 그렇게도 좋은 겁니까
취객의 손은 따뜻하고 그건
해발 오천 미터에서 느낄 수 없는 온기

똑바로 걷다가
기대 걷다가
마침내 업혔네

경비원도 취객도 아닌 그림자가
단내를 풍기며
잠을 자지 않는 몇몇의 창문들이

전부 보았네

실패한 이야기

　오늘은 자신이 근무했던 아파트의 마지막 출근날이었다. 관리인은 건물을 아주 빤히 쳐다보는 버릇이 있었는데 눈이 나빠진 지는 한참 전이었기 때문에 그의 눈은 위장용 CCTV와 다를 게 없었다. 그의 마지막 일과는 아무것도 하지 않기였다. 그간의 노고를 생각한 입주민들은 오늘 하루는 아무것도 하지 말고 편하게 쉬다가 가라고 말했다. 그리고 정말 아무도 관리인에게 말을 걸어주지 않았다. 손질된 정원과 깨끗하고 반듯한 유리, 잘 정돈된 분리수거장은 더 이상 관리를 필요로 하지 않았다. 관리실 한쪽에 있는 TV를 틀자 과학 채널이 나왔다. 작은 화면에 꽉 찬 지구가 있었다. 아주 멀리서 찍은 사진이 방금 막 도착했다고 100년 전에 찍은 지구의 얼굴이 보였다. 보낸 이와 받는 이 모두 이 세상에 없었지만 잘 도착했다. 관리인은 그 지구를 아주 빤히 쳐다봤다. 잘 보이지 않았지만 지구라는 것이 푸르고 둥글다는 것을 알고 있었기에 만지면 느낄 수 있겠다 싶었다. 하지만 만져지는 건 평면이었고 딱딱했다. 그건 순찰을 하면서 숱하게 느꼈었던 감각이었다. 보이진 않았지만 자신이 틀릴 리 없다고 믿었다. 경비원은 아직 자신에게 일이 남아 있다는 것을 직감했다. 이 아파트 단지에 자신이 마지막으로 해야 할 일이, 반드시 끝내야만 하는 일이 남아 있다고. 그러나 시간이 없었다. 시간이 그를 벼랑으로 밀고 있었다. 그는 자신이 늘 관리했던 아파트의 가장 높은 곳으로 해가 떨어지는 모습이 잘 보이는 곳으로 올라갔다. 그는 어렸을 때 유능한 경찰이 되고 싶었다. 하지만 부패한 경찰의 기사를 보고 사람의 생명을 구하는 소방관이 되고 싶었다. 하지만 죽은 소방관의 아이를 보고 그는 선생님이 되었

다. 사회선생님으로 살았고 사회선생님으로 정년 퇴임
을 했다. 의무를 다하고 집에 돌아온 날 그는 남은 돈과
남은 생을 저울질하며 시간을 돈으로 환산하다가 돈으
로 시간을 치환했다가 마침내 자신의 재산에 대한 기준
이 세워졌을 때 두 번째 직업을 갖기로 마음먹었다. 그
리고 오늘 두 번째 직업이 그를 떠났다 오후 여섯 시가
되자 어두워져 얼굴 분간이 어려워졌을 때 사람들은 찾
기 시작했다.

경비원이 단지 밖으로 나갈 때
아이가 공을 들고 벽으로 갔다

탕 탕 소리
가보니

아이 없고

경비는 소리 없이
야광조끼 없이
TV 없이
민원 없이
사진 없이
아파트 없이
은퇴

Palimpsest

동사무소 앞에서 담배를 태우는 공무원이
한 개비를 피우고 연달아 새 담배를 꺼낸다

머리 안 어지러우세요? 물으면
사람 목소리 계속 듣는 것보다야 뭐
연기가 낫지, 나는 그렇죠 여기가 낫죠 하고

건물 그림자도 벗어나지 못하는 곳에서
못 했던 이야기가 쏟아진다
여기선 번호표를 뽑지 않아도 말하는 사람이 있고

몸을 비틀며 뼈를 맞춘다
수화기 너머 밀렸던 사과를 한다
사과 다음에는 사랑한다가 자동응답기처럼

누군 멍하니 하늘을 본다

우리의 정수리는 같은 이야기를 하고 있다
퍽 다정해 보여
서로의 입에서 나온 연기까지 나누니까

어깨에 실오라기 하나가 삐져나온 것을 보고
누군가 라이터를 얼굴 가까이 붙인다
나는 잘 안 보였지만
보풀이 사라진 어깨가 따뜻했다

담배 뒤에는 약을 꺼냈다
같은 주머니에서 꺼냈고
같은 입으로 들어간다

머리 안 어지러우세요? 물으면
띵하지. 졸리고. 그래도 쌓여 있는 종이보다야 뭐

그거 알아?
여기 예전에 아주 맛있는 빵가게가 있었어
악성 민원인도 빵봉투를 들고 온 날엔 화를 좀 죽였는데

빵가게 이전에는 형무소였다고 한다
형무소 이전에는 그전에는 나도 모르지
뭐든 있었겠지

그런 이야기를 들은 적 있다
전 세계의 to와 from은
동음이의어라고

의도가 죽고 형식이 계속 바통을 건네는
이면지처럼

창문에서 종이가 떨어졌다
공문서가 적혀 있어서 돌려줬는데
뒷장에 손글씨가 적혀 있었다

시선처리

사단이 났다 문제는 늘 한눈판 사이에 벌어진다 아주 작은 틈새로 동전이 들어갔는데 그 여파로 지구가 쪼개진다 물론 이건 실제가 아니고 기분이 그렇다는 것이다 다시 돌아와서 사단은 늘 뒷골목에 숨어 있다가 담배도 한 대 태우고 침도 뱉고 그렇게 어슬렁거리다가 자신이 등장할 때를 어떤 스태프나 PD가 알려주기라도 한 듯 아주 시의적절한 때에 찾아온다 그렇다 사단은 뛰어난 배우이자 타고난 디자이너 누군가 자신의 포트폴리오를 들이밀었을 때 삶의 능선이 가파르고 그것을 멋지게 헤쳐나온 사람이 더 멋있지 않겠냐며 요즘엔 내신도 3년 내내 1등 하는 애보다 성장곡선을 그리는 소년만화형 주인공이 더 먹힌다고 하는 것처럼 사단은 페이스파트너로서 옆에서 끊임없는 조언을 한다 여기서 3분대를 끊지 않으면 기록은커녕 도태된다고 그럼 또 도태라

는 말에 감겨 거기 사는 사람들의 말을 들어본다 다큐
멘터리처럼 1인칭 시점으로 그들에게 말을 걸면 줄부터
서라는 말 돌아보면 까마득한 줄로 된 세상 아니 얼굴
로 꽈배기를 만든 빵집 이른 아침 종이 하나와 밥 하나
를 바꾸는 기적 오병이어로 몇 명을 배불리 먹였다는
단 하루보다 매일 아침 반복되고 견고하게 유지되는 체
계의 승리 만족하면 컷트 아니면 다시 가겠습니다 하고
테이프를 감는다 문제는 하루에 찍을 수 있는 분량이
정해져 있다는 점 네모난 화면에 들어갈 수 있는 사연
의 최대치만큼 뒤로 걸으면 단체사진이 나온다 외우고
틀리고 다시 외우고 적당히 타협하고 뒤에서 누군가 지
켜보면서 저렇게 하면 큰일 난다고 조언과 비꼼과 우월
감을 한 문장에 담기도 하다가 그 입으로 사랑한다는
말을 하고 하늘에 떨어지는 눈을 받아먹기도 하고 지겨

워지면 욕을 뱉고 지겨워지지 않아도

　이제 다시 정면으로 돌아와 마주한다 앞에 존재하는
모든 피사체들과 눈인사 나는 여기서 가장 젊은 존재
발에 치이는 돌조차 나보다 선배님 깍듯해지려면 얼마
큼 땅을 빤히 쳐다보면 될까 하나 둘 셋… 일 분 십
분…… 십 년 백 년…… 고개를 들어 누군가의 부재 찾
아오라는 말 통신이 안 됩니다 말이 통하지 않습니다
도무지 여긴 제정신이 아닌 것 같습니다 카메라가 많고
회수되지 않은 필름들이 낭자합니다 소비소비소비 영
수증 청구를 하려 해도 출처는 너무 먼 과거가 돼버렸
기에 이 사단을 어쩌면 좋을까 생각한다

　카메라 렌즈 뚜껑을 덮는다

상생

여기에 45만 원을 넣으면 나라에서 50만 원을 채워서 준대 우리 가족은 넷이니까 20만 원을 공짜로 버는 거야 이게 다 나라에서 우리한테 주는 구휼이지 엄마는 신을 간헐적으로 믿어서 최근 10년간 다니지 않던 교회를 최근에 다시 다니고 있다 상동은 엄마와 돈 말고 다른 이야기를 하고 싶어서 엄마의 종교 활동을 취미 생활로 생각하고 적극 찬성했다. 상동과 엄마는 부엌에서 많은 이야기를 나눴는데 부엌은 자취하는 사람에게 처음 칼 쥐는 법을 알려준 장소이기도 했지만 피와 화상과 멍을 끓였던 곳이기도 했다. 미나리를 돌돌 말아 써는 상동 상동은 칼을 쥐기만 하면 현실이 아득해지고 다른 기억을 가져와 꺼내는 버릇이 있다 그거 기억나 엄마? 우리 야구경기장에서 파라솔 하나만 펴고 장사했던 때 있었잖아 진짜 더웠는데 그 무지개 파라솔 그림자 안에서 치킨이 다 팔리기 전까지는 벗어날 수 없었잖아 낮에는 쪄죽고 밤에는 재고가 남을까봐 벌벌 떨었잖아 팔고 남은 순살을 다시 튀길 순 없다고 그거 다 어린이집 선생님들한테 줘버려서 우리 그때 동네에서 기부 잘하기로 소문났었어 엄마는 옷을 하나씩 벗고 욕실로 들어간다 문은 살짝 열어두고 상동아 그거 다 썰고 밀봉 잘해야 한다 그래야 오래 먹어 엄마 목소리 반 물소리 반 섞여 나온다 문은 나무로 되어 있어서 목소리를 잘 빨아들인다 그래서 이 집 문 뒤에는 사람이 있으나 없으나 늘 목소리가 상주해 있다 상동은 썰 게 사라지자 도마에 자신의 손밖에 없음을 알게 된다 무서운 생각 뒤에는 꼭 바른 생각을 한다 쓴 약을 먹고 난 뒤 사탕 한 알을 종일 굴렸던 옛날처럼 엄마는 수증기로 나타나 침대가 아닌 거실로 향한다 불이 켜져야 아침인데 이 집은 엄마

의 부탁으로 불을 끄지 않는다 상동은 이 카드 지역카
드라서 광주에서밖에 못 써 엄마 광주에서밖에 두 번
말한다 엄마는 어깨를 말고 잠이 든다 부엌의 미나리는
뿌리만 남기고 다 잘라버렸는데 버리지 않았다 버리지
않으면 스스로 잘 자랐다

단 하나의 오렌지

뭐가 달라지나요
방 안에 오렌지 하나 놓여 있는 게
어제와 무엇이 다를까요
그저 노랗고 확신에 찬 동그라미 하나가
나보다 더
방의 중심처럼 군다는 것을 빼면

나는 하나의 톤으로 되어가는 중
오렌지가 오고서부터

미묘하다
도움이 되고 싶다, 저 오렌지에게
그늘로 밀어 넣고 싶다 너무 많은 빛은 좋지 않다고
들은 적 있어서

아무 일도 하지 않는 것처럼 보이지만 열심히 사는 것도
나와 비슷하다
오렌지는 오렌지 안에서 약속한다
갈라져도 지키기로

꼭지를 따,
어디까지가 살갗일까
피가 나면 그제야 멈춘다
장난이었다고, 미안하다 말하면
딱지가 사라질 때까지 내 주변에서 멀어졌다가
딱지가 사라지면 범인도 같이 사라졌다

오렌지의 껍질에게 오렌지의 행방 묻기
튀어나온 무릎은

이상하게 바깥이 무르고 안이 단단했다

내가 내 이름을 말하고
먼 미래에 누군가 만졌을 때
오렌지와 내가 다름없어질 때

오렌지는 버릴 게 없다

작은 대회

만국기가 펼쳐진 넓은 공터에 사람들이 모여 있다
캐릭터가 그려진 옷, 땅에 떨어진 명함, 비눗방울,
신발 한 짝, 온갖 음식들과 돗자리. 주변을 둘러보면
양손 무겁게 들고 다니는 가족 단위의 사람들이
자리를 마련하지 못한 채 여기저기 떠돌아다니고 있다
자리가 비워지면 저절로 채워졌고 우린
풍경이 보이는 적당한 자리에 누워 대회를 준비했다
오늘을 위해 두 달 전부터 체력운동을 했다
토마토와 계란을 먹으며 요가와 런닝을 함께했다. 물론
사랑하는 사람들과의 교류를 소홀히 하지도 않았다
이 대회는 참여하는 선수들과 그의 가족들이 서로 알
만큼
규모가 아주 작은 대회이기도 했고, 무엇보다 이 마을
의 장사꾼들은

이 마을의 주민이기도 했다. 그러니 결국 이 대회는

밖으로 뻗어나가지 않고 안에서 빙글빙글 도는 저 바람개비처럼

나와 내 아내와 아내의 동생과 동생의 남편과 그의 식구들

크게 보면 한 가족의 축제였다.

와장창! 접시 깨지는 소리

사내와 다른 사내가 벌써 얼큰히 취한 채 서로를 째려보고 있다

대회 시작을 알리는 총성. 창문 너머로 이 모든 것을 지켜보고 있는 병약한 환자

그 환자는 아침 수프를 걸렀다. 수프를 먹으면 잠이 왔고 잠에서 깨면

모든 대회가 끝나고 폭죽 부스러기가 땅에 뿌려져 있

는 장면만 보게 되니까

 하나의 종목이 끝나면 땀에 절은 사람들은 돗자리에 뻗어 눕는다

 후미진 곳에서 토를 하는 사람과 그의 등을 두드리는 이 마을의 유일한 공무원

 그 역시 우리의 가족이다. 그가 없으면 이 마을의 소식은 실제보다

 1년 정도 늦다. 실제로 우리가 과거에 한 축제가 올여름 지역 신문에 처음 소개된 걸 보면 알 수 있다

 먹이를 물고 가는 개미들처럼 마지막에 우리는 다 같이 일렬로

 마을을 돈다. 마을의 온갖 곳을 샅샅이 걷고 걸어

 우리가 알지 못하는 사람들이 없을 때까지 서로의 얼굴을 본다

두 뺨에 두 귀에 대고 사랑한다 말한다

그리고 각자의 집에 들어가 죽은 듯 잠을 잔다

서술하기

변기커버를 올리고 소변을 본다
창밖은 옅은 노랑이다
문의했던 내용에 대한 답장이 메일로 왔다
회사의 잘못이 아니라는 내용이었다

마침 가을이고
썩은 계절이 오면

떨어지는 것들은
싸고 연약해
그들 전체를 싸잡아 모욕하기 좋다

저기 문밖에 할머니가 소리친다
비둘기가 또 쓰레기봉투를 찢어버렸다

비둘기는 말을 걸면 날아갔다
도망가지 않는 내가 할머니 욕을 먹었다

방울토마토를 끓일 준비를 했다
십자로 칼집을 낸다
손님용은 없다 누구도
손님이 아니다

비둘기가 싫은 사람과
할머니도 싫다고 하는 사람
짖는 강아지와 어르는 주인

방울토마토가 떠오른다
서로 목적이 다르면

무슨 말을 해도 알아들을 수가 없어서일까

바다 위에 둥둥 떠오른 고기는
사람도 취급하지 않았다
튜브를 걸치지 않은 사람만이 자유롭다
너무 자유로운 곳엔
산 사람과 죽은 사람이 같이 떠오른다

쥐약을 치는 경비원과
꾸역꾸역 골목에 밥그릇을 두는 사람은
숨바꼭질하는 게 아니었다
온 몸과 마음을 쏟는
저게 숨바꼭질일리 없다

장인이 찍은 사진에는
어떤 말이 들려온다는데
이 동네도 그랬다
사람은 보이지 않고 소리만 들렸다

창문을 열면 반대편 집에서 피운 향이 돌았다
그 집은 좋은 것을 피웠다
집에 맞지 않는 향이
집을 어슬렁거리는 게
참 민망하여

아무도 보지 않아도 책을 읽었다
내용은 읽다 보면 이해가 갔는데
다 읽으면 기억이 나지 않았다

그것은 다음날이 지난날을 기억하지 않는
지긋이 당연한 일이니까
억지로 기억해낼 필요 없다는
커다란 짓누름

고양이 한 마리가 허릴 쭉 펴고
바닥에 납작 엎드렸다
담장 위로 올랐다
순식간에 나보다 높은 곳으로 사라졌다

터무니없는 일들이
아무렇지 않게 일어났을 때
엄마는 혀를 차며 말세라고 했다
말세는 어디에나 적용하기 편했다

복권에 당첨이 안 되면 말세
오늘 먹은 밥이 맛없어서 말세
친구가 내 생일을 기억해주지 않아 말세
말세는 부서지기 쉬웠으나
쉽게 털어지지 않고 집에 와서도 꿈에서도
끈덕지게 말세였다

돌아오는 토요일에 면접을 봐야 하는데
거울 속 남자의 생각을 알 수가 없다
남자는 화장실에서 다양한 일을 했다

족집게를 들고 얼굴의 털을 하나씩 뽑은 다음
샤워를 하고 바닥과 벽의 곰팡이를 닦아냈다
그러고선 뿌듯한 표정으로 큰일을 보고

일어나서 천천히 춤을 췄다
책에서나 볼법한 춤이었다

그 후 앉았다 일어섰다를 몇 차례 반복
발자국을 찍으며 나체로

황무지에 껍질을

여자는 그토록 원하던 바구니가 달린
자전거를 옆에 두고 벤치에 앉아 있다
잘 지냈어요?
반대편 끝선이 보이는 호수에 대고
말한다. 성인 남성이 이 호수를 한 바퀴 도는데
약 40분이 걸린다
나무의 시간은 제각각 달랐다
같은 뿌리에서 다른 색의 잎을 피워 올렸다
우린 서로에게 아주 멀리서 온 손님이다
나는 서쪽에서 온 손님, 그녀는 동쪽에서 온 손님
주인 없는 벤치에 앉아 있으니 맘이 설렜다
조명이 없어도 환해질 수 있는 오후 2시
초록. 가장 가까운 색을 바라보며 말한다
식물원을 아직 좋아하나요?

짙은 파랑. 그녀의 시선은 핀셋처럼 무얼 붙잡아두고
있다

이곳은 세계에서 가장 기상 관측이 힘든 곳

잊지 못할 여행을 한 뒤, 그녀는 실반지를 끼고

자전거를 타고 한 시간 반을 건너왔다

강과 강, 빛과 빛, 운전과 신호 사이를 건너뛰고

우린 잡담을 주고받았다. 서로를 가이드했다

한 명이 혼란스러운 감정이 생기면 손을 잡아주었다

한 명이 휘청거리면 거기서 더 가는 것을 그만두었다

독한 약을 먹고 있다니

걱정이 됩니다

아침과 저녁 매일 두 번 그녀는 약해지고

그만큼 조심스러웠다

모든 것이 불타 영역을 잃은 산의 주인들처럼

그럼에도 그녀는 장바구니에서 큼지막한

귤 두 개를 꺼내어 그중 하나를 건넸다

그때 그녀는 처음으로 나를 봤다

우린 서로 다른 지역에서 다른 불행을 섬겼다

나는 확신이라는 불행을 그녀는 불확실이라는 불행을

아주 나중에,

우리의 이야기는 산으로 옮겨졌다

둘 모두 동의했다

우리는 맨발이 되어 나무껍질을 밟았다

검은 눈은 검은 나무가 되었다

우리는 고작 백년,

만났을 뿐이다

울고 웃다가 쓰다가 버리다가

야간 산행을 하는 사람이

이곳이 한때 벤치였다는 사실을 알아차릴 수 있을까

안부의 답장

최근의 일들은

가장 먼저 썩어 거름이 된다

이야기에 이야기를 덧댄다

숲에 단 하나의 여백도 남기지 않겠다는

귤향

우리가 같은 시간대에 살았다는 증거

이주노동자의 비극

이스라엘인이 팔레스타인을 학살하는 밤
정신을 찢으면 밤이
낮처럼 환해지더라

회사 사람들이 회사의 구조를 모르는 건
택배기사가 아파트 단지를 헤매는 이유와 같지
이것과 저것의 사소한 차이를 발견하려고
계속 뒷걸음질 치는 동안

건강과 안녕과 가본 적 없는 나라의
기념품 같은 소식이 들려온다
신기한 동물을 쳐다보듯

실수는 늘

이런 곳에서 발생하고 그러니
손톱자국을 남기지 않게 조심해

다음을 생각해야지
길을 걸을 때나 밥을 먹을 때도
생활의 연속이 아니라
끊어진 곳 위에부터 다시 붙이는 느낌

남에게 도움이 되는지 여부에 따라
직업이라 불립니다 이 나라는
그렇습니다

이 행동도
여기로부터 한참 떨어져 있는 당신에게

도움이 되면 좋겠습니다

폐허는
장소가 아니고
공간은 공포가 아니지만
하루를 빨리 끝내려고 불을 끄는
아파트가 아직도 두렵긴 하지만

여기서 나는
아주 과거에 고향으로 돌아간 사람

아침 점심 저녁을 해결하고
가요로 졸음을 이겨낸
반쯤 녹은 아이스크림 같은 사람

환자

고대 아프리카에는
머리 없는 부족이 있었다
가슴에 이목구비가 있어서
표정 뒤에 심장이 있었다
세상 어디에도 그들의 후손은 존재하지 않았다

나는 이런저런 이야기를
그의 앞에 펼쳐놓는다

커브 잡는 법에 대해
열명의 선수는 제각각 다른 그립을 쥐었다
다른 궤도를 그렸음에도 똑같이 떨어졌다

그라운드에 사람이 들어간다

슬라이딩 그리고 슬라이딩
집으로 돌아오는 길은 미끄럽고
아무도 없는 베이스

그는 나와 같은 곳을 바라봤지만
더 멀리 바라봤다

내가 할 수 있는 건 다시
사랑에 빠지는 일. 큰 병을 앓는 일
큰 병이 돌아다니면서 웃는다. 전파한다
내가 손을 흔들자 모두가 쳐다본다
몸에 불이 켜졌다

환하게 가벼워진다

압화처럼 무겁게 짓눌러졌다 그가
나를 붙들고 있어주길 바란다. 아주 세게

그가 온다
낙엽처럼 그가

의식을 잃은 권투선수를 살리기 위해
온몸을 던지는 레프리처럼
나는 벌써 그에게 가고 있다

다발

내 삶이 식물적이다

출근길에 공사장이 있어
건물이 세워지는 모습을 가만히 지켜봤다

인부들은 서로를 부를 때
얼굴을 보고 말하지 않았는데

그럼에도 건물은 완공되었다

공실도 노크를 하고 들어가네요
혹시나 해서요

혹시라는 건

흔적을 말하는 걸까

들어가면
창문부터 보여준다
채광이 순식간에 집을 장악한다
눈살을 찌푸리면서 좋네요 말했다

보여주는 집은
터럭 하나라도 발견되면
도둑의 것이라도 된 것 마냥 모두들 사렸다
집은 집일 뿐인데

여긴 고층인데도
음식 냄새가 올라오네요

좋은 의미였는데
왜 창문을 닫으시는 걸까

그럼 여긴 어때요
그곳에 새로운 보물이라도 있다는 듯 열지만
역시나 빈방이고
그것은 나 이전의 사람들도 보았을 빈방이다

빈 방엔 빈 서랍이 있고
비어있는 화장대와 비어있는 휴지통이 있다
나는 이곳의 무엇을 보고 결정해야 할까
도둑이 들면 좋겠다
그렇게 되면 도둑이 골라줄 수 있으니

견본주택에는
잘 만들어진 화병 하나가 놓여있다

내려오는 길에 꽃집을 들렀다
먼저 들어온 사람이 꽤 신중하게 고르길래
그의 눈을 열심히 따라갔다
응원하고 싶은 사람이 있는데 좋은 꽃말이 있을까요

'꽃을 선물하면 그게 다 응원이죠'

절취선의 경계를 재단하는 플로리스트는
가위를 들고
꽃말을 조립한다
오래 살 방법을 일러주는 무당처럼

식물의 소통방법이
방과 막이라는 걸 아니
그래서
모든 다발은 편지다

꽃대와 포장지와 리본끈이
함께 묶였다

도망갈 눈이 있다

고백

활도 없고 총도 없는데
설산에 가면
발자국이 많으니 그중 하나를 잡아오라 했네
의도가 다분해서

아빠는 육남매 엄마는 칠남매

경조사에 모여 성이 같은 사람들끼리 모여
남녀 한 명씩 더 데리고 왔네
집중 못하는 아이들을 데리고

누군 절을 하고 누군 기도를
믿는 사람이 달라서. 그조차 없으면
차에서 졸았다. 창에 비친 자신에 기대어

빨리 도착한 사람도 늦게 도착한 사람도
묻힌 사람에게는 똑같이 제시간에 온거지

조화가 좋다, 생화가 좋다
우리 보기에 좋으라고

나 휴가 써서 왔어
장사는 좀 돼?
차 바뀠더라
요즘 금리가……

집에서 멀리 떨어진
무능해지고 무모한

선산이라 했는데
모르는 과수원이 있고
우리한테 사라지라 하는 사람도 있습니다

영향력도 발언권도 없는
꽃을 뉘여

제가 막내딸의 막내딸이에요
오면서 들었는데요, 하고 싶은 이야기
여기에 다 하고 오래요

지긋지긋하지 않으세요?
지금 우리가 이러고 있는게
이사 가고 없는 집에 계속

편지를 부치는 행동일까요

먼저 내려가라 하고
담배를 피울 게 뻔한데
산에서 피우는 담배가 그렇게 맛있을까요

위에서 찬송가가 들린다
나도 따라 불렀다

처음 보는 사람이 다가와 화를 내도
그 사람 몰래 나뭇가지를 꺾어도

죄악을 속하여주신 주 내 속에 들어와 계시네
찬송합시다 찬송합시다

내 죄를 씻으신 주 이름 찬송합시다

열매도 가시도 없는
땅 밑

더 하고 싶은 말은 얼굴 보고 해야 할 것 같아요
무덤의 어디가 얼굴인지 둘러봐도
모르겠어요

목소리 내지 않고
입 모양으로 말할게요
살아 있는 사람은 듣지 못하게

식사

텅 빈 집에서
잠깐 빌릴게
네 삶의 난관 한 줌을

일어나서 제일 처음 묻는 안부로 적절한 말이 무엇일까
식사가 괜찮겠지 싶어
식사는 하셨나요? 물으면

서로가 식량처럼 보일까

다른 사마귀의 머리를 입에 문 사마귀처럼
남은 사람을 위해

한 사람과 허전함

떼어놓고 보니 하나였던 것

빼앗긴 것이 머리뿐이면 다행이지
없는 게 눈에 보이니까

일정한 박자 사이에 숨어 있다가
한 발짝씩 내비치는 악몽은
나와 발이 얽혀있다

벌레를 무서워하는 사람의 불면증에
어떤 위로를 보낼 수 있을까

동일한 고민을 가진 사람들의 모임
필요한 만큼 진단받고 사라지지 않을 만큼

충분히 거울 앞에 선다

미지의 신호를 받고
수천 킬로를 날아온 새들

너는 너대로 나는 나대로 각자
한 귀퉁이에
정착지를 만들기로 했다

맹목적인 마음이란
커다란 횡단처럼 홀쭉하고 헛헛하구나
그럴수록 안으로 도망치는데
주머니에서 자꾸 씨앗이 떨어지고
옛날엔 씨앗이 귀했대

천원과 물만 있으면 잎을 틔울 수 있는
유희쯤이 아니라

그러나 우리는 전부 살리지 못해
혹은 전부 죽어버릴수도

과감하게 생략해버린 걸까
싹이 트는 과정을

서로의 눈을 가만히 보면
깨진 거울이 하나 발견될 거야
내 발보다 한참 밑에서
층간소음을 버티며 원한을 품고
생명이 태어난다

웃는 얼굴

온 근육을 써야 가능한 표정

이런 것이 사라진 머리에서

누군가의 동기가 채워지기도 한다

(　　)에게

작은 섬에 대해

이 세상에 존재하는 섬이란 섬을 다 끌어다 쓴 책에
대해

그 책을 선물해주고 사라진 사람에 대해

홑씨가 흩날리기 좋은 시간에 카페에 앉아

하루에 몇 개의 문제를 만들었다 풀었다

난 아직 바람을 만들지 못한다. 그래서 서울숲 공원의
커다란 홑씨를 날려달라던 바람을

들어줄 수 없다.

휘낭시에와 커피를 마련하고 그 자리에서

해질녘까지 재즈 댄스를 추고, 물론 우린 재즈를 배우
지도 않았지만

많은 일들이 지나갔다, 꿈에서는
그토록 가고 싶던 보물섬은
나오지 않았다

할 일을 마저 다 하라는 듯 저녁이 천천히 온다
해바라기는 너무 빨리 자라서
너무 빨리 시들었다
나이를 먹어도 술이 늘지 않는 건 참 부끄럽다 그렇지?
깔깔거리며 우는 모습을 보여주지 마, 그거 옳는 거야

우린 100을 향해 달려갔다, 100은 어디에 있을까
난 바깥을 두리번거렸고 너는 나를 두리번거렸다
마감 직전인 지하 술집에서 도수가 센 술을
주저 없이 시키며

서로의 주머니에 기댈 때

주머니를 뒤져 나온 올해의 운

2월은 피하고 3월은 밤을 조심하고

나는 연말이 되어서야 올해가 필 예정이라

몇 번의 밤산책을 거름으로 쓴다

우린 우리가 아는 만큼만 말하기로 했는데

나의 전공분야는 '언어'

너의 전공분야는 '죽음'

죽음을 끝없이 말하고 말하다 정말 죽음이란 게 실체

화 되었을 때

너는 그를 가장 다정하게 끌어안을 준비를 하려고

나를 만나는 것 같다

여전히 악몽을 꾸는 사람의 머리 위로
계절마다 다른 것이 떨어진다
어제는 도토리 오늘은 벚꽃잎 내일은 모레는

꼭 하고 싶은 말이 있는데
그 말의 위치를 어디로 정하면 좋을까
눈을 감고 아무 역이나 짚었던 것처럼

나는 당신이 내릴 곳을 짐작한다
그곳의 지붕을 생각한다
붕괴되고 파각된 곳에 앉아 고장 난 라디오를 켜고
혼자 음음 거리는
100은 그곳에 있다

1=0.9999999

무언가를 표현하고 싶을 때.

예를 들어 방에 의자 하나를 표현하고자 한다. 보통은 이렇다

1. 의자를 최대한 자세하게 설명한다.
2. 의자를 제외한 방의 모든 것을 설명한다.

두 방법 모두 관찰에서 시작한다. 설명하고자 하는 대상을 뚫어지게 바라보거나 철저하게 외면하거나. 전자는 떠올리고자 하는 사물에 강한 중력을 부여한다. 두 발이 지면에 닿아 있기 때문에 불안하지 않다. 하지만 날개가 없다. 후자는 확산이다. 떠올리려는 대상으로부터 의식적으로 멀어지려는 운동이다. 외면의 거리=관심의 거리가 된다. 더 이상 사물이 중요하지 않게 되면

처음 관찰이 시작된 곳으로 돌아온다. 나의 쓰기는 설명과 외면의 연속이다.

『유령, 도둑, 사랑』은 하나의 단어를 삼등분한 것이다. 그 단어는 이 시집에 한 번도 등장하지 않은 말이다. 그래서 나는 그 단어를 설명하려고 유령과 도둑과 사랑을 가져왔다. 이 세 단어를 설명하는 것이 그 단어를 외면하는 방법이었다. 말하고자 하는 무언가를 끝끝내 말하지 않으면서 시를 끝냈다. 이 시집은 생활과 흡착되어 있다. 시와 인물, 시와 배경, 시와 사건이 붙어 있지만 결합하지 않는다. 동행하되 만나지 않고 의식하되 초대하지 않았다. 부재가 존재의 증명방식이 될 수 있어서 사람들이 자꾸 하늘을 보고 숲을 보고 아무도 없는 곳에서 울고 있는 것처럼.

시 한 편의 완성이 다음 편에 지장을 준다는 건 긍정일까 부정일까. 한 권의 시집에는 각각 독립적으로 완성되어 있으면서도 전체를 보면 관통되는 무언가가 있어야 한다고 하는데 그 무언가는 내가 쥐고 있던 걸까 부여되는 걸까. 나는 계속 설 곳을 탐색하고 있다. 제3의 강독에 나온 가장처럼. 한 편의 시가 한 편의 시 이상으로 범람할 때 다음 시는 그 자체만으로는 어딘가 부족해야만 할 것 같다. 하지만 시는 그냥 시이고 이상도 이하도 아니다. 의미도 그렇다. 의미는 그냥 의미이다. 누군가에게 1순위가 누군가에게 4순위 5순위인 것처럼.

나는 이따금씩 잘 살고 있다고 느낀다. 여태껏 큰 원수를 져본 적도 없고 내가 감당할 수 있을 만큼의 빚을 지고 눈치 보지 않고 내 몸 하나 누울 공간이 있다. 적어도 내 생활반경에서 나를 흔드는 것은 없다는 말이다. 그런데 시는 좀 특이하다. 온갖 것이 나를 흔든다. 시는 나조차도 사물로 대한다. 이건 아주 공평한 대우다. 삶이 고해성사나 묘수풀이라면 시는 룰렛이나 복권 같다. 내가 썼지만 시가 독립이고 내가 종속일 때가 있다. 나는 매일 레버를 당기는 사람이다. 옆에는 레버를 당기는 사람이 무수히 많아서 맨 끝에 앉은 나는 어쩌면 당신일지도 모른다.

쓰기 전에 완성된 시들이 있었다. 누군가를 강하게 떠올리면서 쓴 시도 있다. 대화를 통해 나온 시, 생각만으로 쓴 시, 걱정으로 쓴 시, 분노로 쓴 시, 이런 것들을 보고 있으면 마치 파트너와 함께 출전해야 하는 무용대회에 혼자 출전한 기분이다. 분명 옆에 있었는데 내 이름 하나만 올라와 있다. 민망하고 감사하다. 이 동그란 조명 안에서 밖을 보니 다시 그쪽으로 가고 싶다. 내가 사랑하는 사람들이 있는 곳으로.

0.1의 몫을 남긴다.

기록 전시

2024. 1. 1.

"매력은 동경할 만한 요소를 가진 인물이 나와 비슷한 사람임을 깨닫게 될 때 생깁니다." (이기원 작가의 브런치스 토리, '공식으로 배우는 스토리텔링 - 공식02 매력'에서)

지겹지? 처음으로 돌아온다는 게, 평생을 걸어왔는데 종착역이 여기라니

2024. 2. 3.

변화가 다가오면 어떤 종들은 이주해야 할 강력한 충동을 느낀다. 이걸 즈간루하(Zugunruhe, 이망증移望症)라고 한다.

2024. 2. 4

　단 한 번의 용서를 잘게 끊어 쓴다. 그리하여 너는 평생을 속죄한다.

2024. 2. 10

error

나 눈떠 있지만 움직임 없다
같은 곳을 계속 바라보는 것을 지겨워한다.
어제와 오늘의 변함없음을. 누구도 아닌 내가 나의 사건을

2024. 2. 22

눈이 오면 민원이 없습니다

좋은 호흡은 좋은 자세를 만듭니다

곧은 자세가 날 지탱합니다

2024. 4. 29.

복권 두 장 샀어요
당첨 확률이 두 배라는 말이 아니에요

한 장은 내가 갖고
한 장은 좋아하는 사람을 주려 하는데
그 사람이
도박을 싫어해요. 정확히는 기대는 걸 싫어해요

2024. 5. 11.

슬픔에 이름 붙이기

행거가 무너졌다

한 명도 층이 될 수 있을까

2024. 6. 9.

천성과 관성

꿈은 1페이지부터 시작되지 않고
포탄처럼 낙하지점에 흔적을 남긴다
깨고 나면 그 흔적을 더듬거리듯이 자신을
더듬고 있는 것이다.

허리를 구부리고 디리를 접고
행동 하나씩 포기할 때마다 씨앗이 심어진다

2024. 6. 21.

전기파리채를 휘두르며
긴 여름밤에 스파크가 터질 때

몽골에선 눈이 내린다

2024. 6. 23

말을 더듬는 건
물에 빠진 상태와 비슷하다

2024. 7. 9.

요즘에는 빌린다는 말이 사라지고 있는 것 같아
갖거나 주거나
잠시 왔다가 돌려주는 건 이제 무리

2024. 7. 21.

시간여행의 장점은

내가 내 유언을 앞질러 갈 수 있다는 점

어디로 갈지 모르는 자들을 위해 남김.

인생

과거-현재-미래의 직선형 루트
봄-여름-가을-겨울의 순환형 루트

2024. 7. 28.

저예산 연극을 봤다

당신은 나의
선배였다가 후배였다가
먼 조상으로 왔다가
원수가 되었다

고생 좀 했겠어. 그래도
너니까 가능했어 너니까
아무도 하지 않으려 했거든

2024. 8. 14

다음 세계

네가 없는 세상
네가 이 세상 모든 것이 되고 난 후
난 비로소 널 볼 수 없게 됐다

2024. 9. 3

문자는 얼음일 뿐이야

왼쪽에서 오른쪽으로
위에서 아래로

결국 녹으면
감상이 될 뿐

2024. 9. 8.

오래된 미제 사건처럼
나는 한 시대의 불편하고 찜찜함이 되어

2024. 9. 12.

이유는 모르지만
나는 너를 좋아한다

2024. 9. 18.

영화가 끝나고 내가 말했다
능소화 색이 예뻤죠?
그녀가
이 영화는 흑백이었어요 했다

미지의 조각들이 가리키는 끝으로

허 희(문학평론가)

하루하루 어떤 결정을 내리며 사는 우리는 그러한 결정이 의도한 결과를 가져오리라 기대한다. 그러나 대면하는 현실은 예상과 딴판이기 일쑤다. 삶은 언제나 예측할 수 없는 국면으로 향한다. 불확실성의 불안을 영원히 감내해야 하는 존재들. 누가 이와 같은 굴레에서 자유로울 수 있을까.『유령, 도둑, 사랑』이 전하는 바, 결말을 알지 못한 채 그곳을 향해가는 이들의 초상이 여기 있다. 이 시집은 어쩌면 이렇게 말하고 있는 것 같다. 당면하는 사건의 끝을 알 수 없기에 우리는 겨우 살아갈 수 있는 거라고. 모든 것이 정해진 행로대로 향하는 투명한 세계에서는 오히려 삶의 의미를 쉽게 잃어버린다고. 그러니까 한지산의 시적 주체에게 삶의 의미는 소여가 아니다. 우연 속에서 기어코 찾아내려는 미지의 조각과 같은 것이다.

「Below Zero」가 그렇다. "하루에 할 일을 하루에 끝내지 않는 게 좋았다 / 오늘로부터 그다음 날 또 다음 날까지 자꾸 영향을 미치니까"라는 구절은 시적 주체가 구획된 시간의 경계를 넘나들며, 그 속에서 자신을 재정의해가는 상황을 보여준다. 흔히 일과를 끝내고 새로운 날이 시작되는 방식으로 시간을 인식하지만, 그것이 선형적으로 구분될 수 없음을 이 시는 분명하게 짚어낸다. 오늘의 일은 내일에 영향을 미치고, 내일의 일은 오늘에 영향을 미친다. 쌍방향적 시간의 흐름 속에서 발생하는 현상이 자신에게 예측할 수 없는 결과를 초래한다는 사실은 거의 모든 이에게 진실로 다가온다. 통제할 수 없는 환경을 만들어내는 시간 앞에 놓인 존재는 자기를 다시 발견하는 과정에 들어설 수밖에 없다. 이것이 한지산 시에 나타나는 존재론적 양태의 전형이다.

「유령과 함께 춤을」은 이러한 시적 주체가 현실과 환상, 이승과 저승의 문턱에 선 모습을 보여준다. 그는 이곳 너머의 세계와 마주하고, "리드를 맡길까 하다 / 이승에서는 내가 먼저 앞장서야지 싶어서 / 발을 뗐다"에서처럼 자기를 주도적으로 드러내려고 시도한다. "하지만 요구가 많은 유령은 나를 관통한다"는 시구가 예증

하듯이, 그러한 시도가 순순히 수행되지는 않는다. 유령은 헛것이 아니다. 시적 주체가 맞닥뜨리는 불가피함의 영역, 제어될 수 없는 복잡성을 표상한다. 이 시는 유령과 함께 춤을 추는 과정을 통해 나의 성립이 결코 홀로 가능하지 않음을 설파한다. 흥미로운 점은 시적 주체가 이를 사랑의 현상으로 파악한다는 데 있다. "우리 중 누가 더 상대방을 사랑하는지" 가늠하고, "밑 빠진 얼굴이 된 채 간신히 / 사랑받는 타인"을 호명하며, "우린 함께이지만 아직은 함께가 아니다"라는 실패 혹은 미정이 내재하는 관계학.

　탐구는 「파문」에서도 계속된다. "어항 속 투어는 / 서로를 잡아먹지 않는다 / 하나가 사라지면 / 남은 하나도 사라지는 것을 알아서"는 상호 의존적 관계의 내밀한 속성을 지시한다. 이들의 공존은 상대를 위한 것이 아니다. 너를 잃으면 나도 버틸 수 없다는 본능적인 위기의식이 자리한다. 우리가 같이 살아 있음은, 너를 삼키면 나도 무언가에 의해 삼켜지리라는 공포에 의해 지탱된다. 이때 무언가는 실체라기보다 고립과 고독이 야기하는 심연의 작용이라고 해야 옳으리라. 그럼에도 불구하고 투어들의 공생을 사랑의 현상으로 보지 않을 이유가 없다. 가령 "낮이면 물고 / 밤에는 서로를 껴안고 빙글빙글 돌았다"는 어떨까. 여기에는 낮밤 없이 이어지는 둘의 교류가 전개되는 동시에 근본적인 운동성, 곧 흔들림을 내재한 사건이 펼쳐진다.

이는 외적으로도 발현된다. "벽을 치면서 / 벽을 치면서 // 둘만의 세계를 흔들고 있다". 벽을 치는 행위는 자신이 속한 고정된 세계에서 벗어나고자 하는 몸부림인 한편, 타자를 더욱 확고하게 인지하는 과정이기도 하다. 또한 충돌이야말로 사랑의 이면―늘 평온한 상태가 아니라 긴장과 균열이 필연적으로 생겨날 수밖에 없는 속성임을 이 시는 적시한다. 역설적으로 사랑은 이러한 극단의 경로를 왕복하면서 심화된다. 「유령과 함께 춤을」에 변용된 한지산 식 '사랑의 지혜'는 이와 같은 면면을 가리킨다. 공간적 입체감이 돋보이는 「재배고도」의 시구 "수평의 사람은 친절하죠 / 사랑은 옆에서 옆으로 번식하고 / 증오는 위에서 아래로"도 그중 한 사례이다. 그가 강조하려는 바는 사랑의 평범한 낭만성이 아니다. 증오의 수직적 계열성에 대비되는 사랑의 수평적 확장성에 이 시집이 구현하려는 사랑의 지혜가 깃든다.

이쯤에서 새삼 유념해야 할 점이 있다. 한지산 시가

추상화된 관념의 다발로 이루어진 형이상학적 무대에만 머물지 않는다는 것이다. 이 시집에는 "경비원"와 "택배기사" 등 일터에서 부대끼는 노동자의 자취가 형형하고, "그 무지개 파라솔 그림자 안에서 치킨이 다 팔리기 전까지는 벗어날 수 없었잖아 낮에는 쪄죽고 밤에는 재고가 남을까봐 벌벌 떨었잖아"(「상생」 부분)라면서 먹고 살기 위한 투쟁을 벌이는 이들의 고생과 공포가 눅진하게 녹아 있다. 오늘날 일어나는 세계사적 폭력을 "이스라엘인이 팔레스타인을 학살하는 밤"으로 거론하고, 이를 "생활의 연속이 아니라 / 끊어진 곳 위에부터 다시 붙이는 느낌"에 사로잡힐 수밖에 없는 이주노동자의 운명과 연결 짓는 「이주노동자의 비극」도 그렇다. 한지산 시를 특징짓는 불확실성과 경계에 대한 사유는 가상적인 사고 실험 이상의 리얼 라이프(real life)에 바탕을 둔다.

이렇게 보면 어떤 작품을 쓰든 리얼 라이프에 발 딛고 있던 문인 심훈을 기리는 2024년 심훈문학상 수상자로 한지산이 선정된 것도 당연하게 여겨진다. 『유령, 도둑, 사랑』에서 그는 결말을 예견하지 못하는 상태에서 불안정하게 살아야 한다는 체념을 주지하기보다는, 그때마다 뜻하지 않게 촉발되는 사건들로 인해 새로운 길이 열릴 수 있다는 점을 환기한다. 결말을 아는 것은 중요하지 않다. 알아야 할 유일한 명제는 결말을 알 수 없다는 것, 얻어야 할 통찰은 삶이 결말을 맞추는 게임일 수 없다는 것이다. 진짜 중요한 가치는 모르는 채 선택하는 매 순간, 거기에서 파생되는 조각들이 우리를 어떻게 변화시키는가에 집중하는 데 있다. 『유령, 도둑 사랑』이 그렇게 증언한다.

한지산에 대하여

「혼자 하는 추모」「멍을 가리키며」 등의 작품에서는 형식에 얽매이지 않으면서도 발화의 한계를 내파하며 메시지를 장악하고 시적 타당성을 스스로 구축해가는 끈기가 돋보였다. 안정적인 호흡에 리듬을 얹고 주제적인 완급을 동기화하는 구성의 묘미 또한 돋보였다. 무엇보다도 신진 시인으로서 좌충우돌하면서도 본인의 시 세계를 완결해나갈 끈기와 저력, 바로 그 '독창성에의 기대'에 값하는 문장은 높은 점수를 부여했다.

_2021년 문학사상 신인문학상 심사평 중에서(심사위원 권영민, 문혜원, 신동옥)

「Below Zero」라는 작품은 영 아래에서 마이너스 상태로 존재하는 상황과 서사, 그리고 다양한 이미지를 통해서 주체로서 실존화되지 못하는 현대인의 다양한 삶의 국면을 몽타주 형식으로 보여주고 있다. 「유령과 함께 춤을」을 비롯하여 「다발」이라는 작품도 그렇지만, 「Below Zero」라는 작품은 특히 주체적 존재로 살아가지 못하는 현대인의 초상과 그러한 상황을 조장하는 세계의 구조에 대해서 예리한 시각과 묵시록적인 비전을 보여주고 있다.

_황치복, 「불확실한 시대를 살아가는 언어들」,(『열린시학』 2023년 봄호)

한지산의 작품은 일상의 사물과 어그러진 풍경 속에서 존재의 이면을 탐색하고, 현실과 이상의 경계에서 시적 공간을 창출해낸다. 특히 「재배고도」에서 "해발 오천미터에 경비원이 근무한다"라는 첫 구절은 극한의 공간을 환기하면서, 독자를 초현실적인 무대로 안내한다. 일상적 공간의 개념을 전복시키고, 그 속에 내재한 다면적인 속성을 드러낸다는 뜻이다. "구름보다 높은 곳"에서 일하는 경비원의 모습은 환상적이면서도 기묘하게 현실을 반영하는 이미지로, 이와 같은 상상력은 단지 공간의 경계를 넘는 데 그치지 않고, 우리가 파악하지 못하는 사회적이고 심리적인 경계의 은유로 작용한다. 더불어 이 시집은 일관된 시적 탐구가 전체에 걸쳐 균형감 있게 이어지고, 응집력을 발휘한다는 점에서 높은 평가를 받았다.

_2024년 심훈문학상 심사평 중에서(심사위원 김근, 안현미, 허희)

K-포엣

유령, 도둑, 사랑

2024년 11월 30일 초판 1쇄 발행

지은이 한지산
펴낸이 김재범
펴낸곳 (주)아시아
출판등록 2006년 1월 27일 제406-2006-000004호
전자우편 bookasia@hanmail.net

ISBN 979-11-5662-317-5 (set) | 979-11-5662-723-4 (04810)

K-픽션 시리즈 | Korean Fiction Series

〈K-픽션〉 시리즈는 한국문학의 젊은 상상력입니다. 최근 발표된 가장 우수하고 흥미로운 작품을 엄선하여 출간하는 〈K-픽션〉은 한국문학의 생생한 현장을 국내외 독자들과 실시간으로 공유하고자 기획되었습니다. 〈바이링궐 에디션 한국 대표 소설〉 시리즈를 통해 검증된 탁월한 번역진이 참여하여 원작의 재미와 품격을 최대한 살린 〈K-픽션〉 시리즈는 매 계절마다 새로운 작품을 선보입니다.